DE PULCHRO ET APTO:
O MANUSCRITO PERDIDO
DE SANTO AGOSTINHO
A TESE QUE VIROU ROMANCE

Editora Appris Ltda.
1.ª Edição - Copyright© 2025 dos autores
Direitos de Edição Reservados à Editora Appris Ltda.

Nenhuma parte desta obra poderá ser utilizada indevidamente, sem estar de acordo com a Lei n° 9.610/98. Se incorreções forem encontradas, serão de exclusiva responsabilidade de seus organizadores. Foi realizado o Depósito Legal na Fundação Biblioteca Nacional, de acordo com as Leis n°s 10.994, de 14/12/2004, e 12.192, de 14/01/2010.

Catalogação na Fonte
Elaborado por: Dayanne Leal Souza
Bibliotecária CRB 9/2162

T312d 2025	Tenório, Waldecy De pulchro et apto: o manuscrito perdido de Santo Agostinho: a tese que virou romance / Waldecy Tenório. – 1. ed. – Curitiba: Appris, 2025. 176 p. ; 23 cm. ISBN 978-65-250-7312-5 1. Manuscrito. 2. Santo Agostinho. 3. Literatura. I. Tenório, Waldecy. II. Título. CDD – 800

Editora e Livraria Appris Ltda.
Av. Manoel Ribas, 2265 – Mercês
Curitiba/PR – CEP: 80810-002
Tel. (41) 3156 - 4731
www.editoraappris.com.br

Printed in Brazil
Impresso no Brasil

Waldecy Tenório

DE PULCHRO ET APTO: O MANUSCRITO PERDIDO DE SANTO AGOSTINHO
A TESE QUE VIROU ROMANCE

Curitiba, PR
2025

FICHA TÉCNICA

EDITORIAL — Augusto V. de A. Coelho
Sara C. de Andrade Coelho

COMITÊ EDITORIAL — Marli Caetano
Andréa Barbosa Gouveia (UFPR)
Edmeire C. Pereira (UFPR)
Iraneide da Silva (UFC)
Jacques de Lima Ferreira (UP)

SUPERVISORA EDITORIAL — Renata C. Lopes

PRODUÇÃO EDITORIAL — Bruna Holmen

REVISÃO — Simone Ceré

DIAGRAMAÇÃO — Amélia Lopes

CAPA — Malu Belletato

REVISÃO DE PROVA — Ana Castro

*Se você quer ler
determinado livro
e ele não existe,
é preciso escrevê-lo.*

Toni Morrison

AGRADECIMENTOS

Sou grato ao professor Júlio Pimentel Pinto, da Universidade de São Paulo (USP), pelo prefácio generoso e pelos encontros no intervalo entre uma aula e outra na Pontifícia Universidade Católica de São Paulo (PUC-SP).

À professora Salma Ferraz, da Universidade Federal de Santa Catarina (UFSC), pelo estímulo e pelo convívio em tantos seminários sobre literatura e teologia.

À professora Fernanda Galve, da Universidade Federal do Maranhão (UFMA), pela leitura que me apontou algumas imperfeições.

Ao professor Gilbraz Aragão, da Universidade Católica de Pernambuco (Unicap), pelo estímulo constante vindo de Olinda.

Ao professor Ernani Terra, exímio gramático, que entrou na história quando precisei descobrir um sujeito oculto que ameaçava os outros personagens.

A Cibele Lopresti. Participei de sua banca de mestrado em Literatura na PUC-SP e depois de doutorado na USP. Virou escritora e mestra, dando sugestões para o meu trabalho.

A Leda Beck, jornalista e tradutora, crítica implacável, mas animadora.

A Fernando Portela, jornalista e poeta. Ele está aqui porque faz parte dessa história.

A Lourenço Dantas Mota, jornalista e escritor, da linhagem dos mineiros ilustres, pela leitura fina, ferina e, ainda por cima, irônica.

Sou grato também à poeta Beatriz Di Giorgi pela generosidade de ler os originais e apresentar sugestões.

Por fim, um agradecimento especial a Marili, pela dedicação e pelo carinho de sempre, e aos nossos filhos Marcos, Daniel, Raphael e Lucas por me tirarem do aperto em diversas situações, principalmente quando o computador tentava sabotar o meu trabalho.

Para meus netos e netas:
Gabriel, o primeiro neto não se esquece;
Júlia, acha que sou meio maluco;
Luiza, todo dia eu tinha de ver Bob Esponja;
Mathias, especialista em dinossauros.

PREFÁCIO

Um tanto embriagado com o texto

Diz a praxe que a função de um prefácio é elogiar o texto que o leitor em breve irá ler, celebrar a inventividade do enredo, a argúcia da construção, a cuidadosa escolha do léxico, a densidade dos personagens, o manejo preciso da sintaxe, a agradável surpresa contida no desfecho — resultado inevitável da impressionante perspicácia do narrador. Num bom prefácio não devem faltar adjetivos, advérbios e, vez ou outra, alguma hipérbole. E não basta enfatizar a incomparável qualidade do texto; também é preciso reverenciar o autor.

Este prefácio não escapará à regra. Desde logo, recomendo: a história que lerão é incrivelmente inventiva, desenvolve-se com invejável linearidade e complexidade, por meio de léxico e sintaxe habilmente manejados e entre personagens muitíssimo interessantes. Todos se espantarão com o final, que revela imensa argúcia — só não o reproduzo aqui para que não me acusem de ser repetitivo.

Confesso que me diverti acompanhando as aventuras desse grupo heterogêneo, composto por personagens de distintas nacionalidades e atitudes, unidas apenas pela comum origem livresca. Formidável é o fato de que personagens tão diversas quanto o comissário Maigret, dos livros de Georges Simenon, uma evanescente Leitora de Italo Calvino e a musa do *Rayuela*, de Julio Cortázar, terem podido encontrar afinidades e seguir em busca do mesmo objetivo.

Sou forçado a reconhecer: o autor é de primeira. Eis aí um sujeito que conhece literatura, filosofia e teologia. Ele não tem preconceitos, nem obedece cegamente a dogmas. Tanto que, não contente em citar Agostinho de Hipona, fez com que o Santo revivesse e frequentasse uma trama humana, repleta de incrédulos, cuja estratégia deriva da narrativa policial. Sim, a mesma narrativa policial que muitos críticos, com aquele ar de enfado que não dissimula o desprezo, consideram subliteratura, mero entretenimento, escrita baldia e só atraente para os ignaros das altas elucubrações e do experimentalismo literário.

Faço apenas uma ou duas ressalvas. O autor, estamos de acordo, merece respeito. Mas quem, afinal, é o autor? Da capa, consta o nome conjuntural de Waldecy Tenório. A voz que sobressai ao longo das páginas, no entanto, é a de Gabriel Blue.

Desse Waldecy sei alguma coisa. Lembro que o conheci três décadas atrás, quando trabalhamos juntos numa escola, depois na PUC-SP, e exercíamos o nobre ofício de formar os jovens que viriam a compor o futuro da nação. Passado todo esse tempo, os jovens em questão agora compõem o presente da nação e o resultado de nosso trabalho está à vista de todos. Dispensamos os agradecimentos. Naqueles dias, também ele, Waldecy, era um jovem e, até onde soube, de lá para cá rejuvenesceu mais ainda. Eu, ao contrário, imergi em definitivo na vida contemplativa de ancião e só saio dela com cautela e por motivo irrefreável: por exemplo, para escrever este prefácio que começa bem e talvez termine mal.

Já La Maga é minha íntima. Convivemos desde a adolescência — minha adolescência, porque quando a conheci ela já era moça feita e, meu Deus, apaixonante. Curioso é que jamais envelheceu. Talvez alvo do mesmo feitiço que acometeu o tal Waldecy, La Maga persiste idêntica, dentro e fora dos jogos de que participa. Porque, ninguém ignora, ela é dada aos saltos da amarelinha. Ao lerem este romance, descobrirão, inclusive, que pode saltar ainda mais longe.

De Gabriel Blue nada sei. É ele o autor? Tudo indica que seja, embora soe artificial e exale certo aroma de pseudônimo. Fiquemos com ele porque, num prefácio, é melhor perguntar logo: será mesmo possível viver num mundo de livros? Acordar, dormir e acordar de novo cercado por volumes e volumes, papel sobre papel, letras que se confundem no olhar e nos sonhos? Você, Gabriel, não se preocupa em perder o pé da realidade? Não acha que em tempos tão difíceis como os que vivemos é mais razoável deixar os livros nas estantes ou no esquecimento e preferir à arte a vida vivida sem mistificação? Se a lição de João Cabral foi eficaz, por que não privilegiar o concreto, a faca só lâmina ou o encontro pungentemente real do Beberibe com o Capibaribe?

Não, Gabriel, você preferiu acreditar que todos os livros devem ser lidos — como se isso fosse possível — e, não bastasse o idealismo livresco, ainda se dispôs a escrever um livro para descobrir outro, para desvelar a beleza e a conveniência de que teria falado Agostinho. Audaz e ambicioso, você tirou o comissário Maigret da merecida aposentadoria, afastou a Maga do Oliveira e da amarelinha, fez a Ludmila abandonar seu amigo Leitor. Você os carregou para Olinda, subiu e desceu as ladeiras, olhou o mar e penetrou no Mosteiro de São Bento e na Sé. Sentou-se com eles em bares e bebeu chope e aguardente. Todos conversaram horas a fio, muita conversa fiada, desfiaram dramas da condição humana, perscrutaram a transcendência, a provisoriedade e a perenidade. Selaram pactos e leram tantos livros!

(Note, leitor, que o autor, esse pequeno deus, merece mesmo elogios. Escrever um livro inteiro baseado em diálogos não é coisa de principiante. Tente em casa. Duvido que obtenha o ritmo narrativo, a força expressiva e a agilidade que Blue — ou Waldecy ou La Maga, seja lá quem tenha escrito este livro — alcançou.)

É certo, Gabriel, que vocês investigaram bem, mas também vagabundearam, copiaram, roubaram personagens. Falsificaram, porque acreditaram que a verdade da literatura venha de sua capacidade de falsear. Porque supuseram — exata ou alucinadamente — que, ao lermos um livro, lemos todos os livros; e ao ler todos os livros, podemos ler apenas um deles: aquele que nos justificará.

Concordo que qualquer passeio literário é prazeroso e que você fez bem ao incomodar e deslocar tanta gente: Olinda é mesmo o centro de tudo — ou deveria ser, se a bússola do mundo estivesse calibrada: quem resiste à fé religiosa, racional e pagã, que anda por lá? O problema é que verdade é mercadoria que não se encontra com facilidade, seja no atacado, seja no varejo. Podemos até questionar uma ou outra atitude que Pôncio Pilatos tenha tomado séculos atrás, mas devemos reconhecer: foi correta sua constatação de que a verdade mora num poço. Tanto que Noel Rosa endossou. Você endossaria, Gabriel? De quem, afinal, são a verdade e a voz que se intrometem na escrita dos outros? Que manuscrito é capaz de nos trazer a luz da crença e a luz da razão, a contradição genial e louca, a dificuldade e a complicação que nos aturdem e antes afetaram um homem que viveu dezesseis séculos atrás

— o Santo difícil e complicado, apaixonado e contraditório, o bispo de Hipona, o inventor da autobiografia, aquele que não nos deixa em paz?

Você moveu mundos e fundos, recorreu à ficção por acreditar que ela faça muito mais sentido do que a vida, misture-se com a vida e a contamine, a reoriente, a defina. Você amou e fez o que quis. Exasperou seus amigos e exasperou o leitor, que, poucas páginas adiante, estará imerso na leitura e, vá lá, até um tanto embriagado com o texto. Tudo isso apenas porque você não se conformou com o desaparecimento de um livro, nem com o desfecho do mais conhecido romance de Umberto Eco. Você, a princípio mero e recente personagem, impôs-se a personagens muito mais conhecidos, impôs-se a seu autor, impôs-se como autor.

Júlio Pimentel Pinto

Professor Livre Docente do Departamento
de História da Universidade de São Paulo (USP)

APRESENTAÇÃO

Onde anda o gato de Mallarmé?

Eu nunca teria escrito este livro[1] se não fosse por La Maga. Essa bruxa literária, personagem do mágico romance *Rayuela*, de Julio Cortázar, achava que, se eu o escrevesse, ela poderia encontrar um manuscrito perdido de Agostinho de Hipona, ou Santo Agostinho, o *De pulchro et apto* ("O belo e o conveniente") que queria obsessivamente ler. Ficou mais certa disso quando encontrou Ludmila, personagem de *Se um viajante numa noite de inverno*, de Italo Calvino. Isso porque Ludmila partilha a crença dos cimérios segundo a qual os livros que se perdem reaparecem ou continuam em outros livros ou até mesmo no além.

A partir do encontro que tive com La Maga, enquanto lia *Rayuela*, ela passou a me pressionar e queria porque queria que eu o escrevesse. Isso acabou acontecendo com a ajuda de Jules Maigret, o lendário comissário da Securité Française e personagem dos livros de Georges Simenon. Graças à investigação que ele nos ajudou a fazer, descobrimos a pista do manuscrito de Agostinho nas entrelinhas de *Confissões*, de *O nome da rosa* e outros livros, e, finalmente, fomos encontrá-lo num lugar onde menos esperávamos.

Desse modo, este livro que está em suas mãos, *O manuscrito perdido de Santo Agostinho*, é fruto de um encontro de muitos livros, autores e personagens. Passam por aqui Homero, Shakespeare, Dostoiévski, Poe, Joyce, Simenon, Virginia Wolf, Kundera, Ítalo Calvino, Umberto Eco, Cortázar, Borges, Camus, Clarice Lispector, João Cabral...

Passam também personagens de romances e filmes. Gil Pender, do filme *Meia-noite em Paris*, de Woody Allen, fez uma surpresa e está aqui. Eu não vi, mas o editor garante que o gato de Mallarmé anda escondido em algum parágrafo no meio dessas páginas. Tire esse gato daqui — ele me disse –, mas eu fiz que não ouvi e o gato ficou. É isso que dá ao livro esse pouco da neurose necessária para seduzir as leitoras e os leitores, como dizia em outro contexto o linguista Rolland Barthes, que também se insinua por estas páginas.

---

[1] Uma primeira edição deste livro foi publicada em 2019 pela Editora Desconcertos e desde então está esgotada. Esta edição do Selo Artêra foi totalmente reescrita e revisada, daí a necessidade técnica da mudança de título. É o mesmo livro? É outro livro.

SUMÁRIO

I
OLINDA..19
Em entrevista a jornalistas da imprensa escrita e da televisão, Gabriel Blue responde à pergunta: Que tipo de livro é esse? Vale a pena ler a entrevista.

II
SÃO PAULO..24
Aqui você vai conhecer a história desta investigação bibliográfica que começa como defesa de tese na USP e termina como romance para descobrir a verdade inventada que Clarice Lispector tanto queria.

III
PARIS...54
Encontramos o comissário Jules Maigret, conhecemos Gil Pender, do filme *Meia noite em Paris*, fomos a uma festa com grandes escritores do século 20. O comissário Maigret aceitou o convite para ser nosso personagem. Gertrude Stein leu os originais deste livro e gostou. Acha pouco?

IV
OLINDA...64
Em busca de pistas do manuscrito perdido, começamos nossa investigação lendo *Confissões*, de Santo Agostinho. Vamos ler ainda *O nome da rosa*, de Umberto Eco e nem sei quantos mais. Mas não pense que só estamos lendo. Estamos mergulhados na cultura olindense. Nos museus, nas igrejas, nas festas...Venha tomar uma cachaça com a gente, dançar frevo e rezar.

V
A ABADIA..126
Você vai gostar da viagem patafísica que fizemos ao século XIV para conhecer a abadia de *O nome da rosa*, onde descobrimos pistas decisivas para nossa investigação. Tem ação e perigo. Coisas que você nem imagina. Aquela moça que aprendia a copiar manuscritos fazendo amor com um monge... Ludmila garante que viu um Unicórnio. Visite a Idade Média com a gente. Você vai se surpreender. Idade das Trevas. Pois não, e a nossa?

VI
OLINDA..136
Descobrimos finalmente o paradeiro do manuscrito de Santo Agostinho. Você não sabe a aventura que foi. Quer saber? Tem de ler. Então, "hipócrita leitor, meu semelhante e meu irmão"*, segure bem o livro e, como diz Cortázar, não o deixe cair de suas mãos.

---

*O último verso do poema "Au lecteur", de Baudelaire.

I
Olinda

Ao deixarmos o mosteiro de São Bento, quando este livro já chegava às livrarias, os jornalistas correram ao nosso encontro pedindo uma entrevista. Maigret escapou pela porta lateral, La Maga e Ludmila continuaram caminhando e eu fui cercado por eles.

Seu livro é uma tese ou um romance?

O projeto inicial começou como tese de livre-docência para descobrir que fim levou o manuscrito que Agostinho escreveu aos 27 anos, o *De pulchro et apto* (O belo e o conveniente), que se perdeu ninguém sabe como nem quando. Mas dizem que por influência de Daniel Pennac[2] tudo mudou. Então acredite em René Magritte, *ceci n'est pas une pipe*, isto não é um cachimbo, também não é uma tese, é um romance.

Encontrou o manuscrito?

O editor pediu para não dar nenhum *spoiler*.

Dizem que fez um plágio de *O nome da rosa*, de Umberto Eco.

Pirandello diria "*Cosi é, se vi pare*". Jorge Luis Borges seria mais assertivo: "Tudo que se escreve é plágio". Paulo Leminski assumiria logo: "Vou lhe mostrar com quantos plágios se faz um original". Escolha a resposta que preferir. Quanto a mim, fiz uma bricolagem: ficção, ensaio, elementos biográficos, verdades, mentiras...

O poeta Raymond Queneau dizia que todo romance prolonga a *Ilíada* ou a *Odisseia*. Qual desses dois livros está presente no seu?

A *Odisseia*. Como disse Thomas Mann, o romance é eternamente homérico. Ítaca e o manuscrito perdido são metáforas da busca do leitor.

---

[2] Autor de *Como um romance*.

Podemos dizer que o comissário Maigret superou Guilherme de Baskerville na investigação?

Guilherme, o detetive de *O nome da rosa*, desvendou os crimes cometidos na Abadia. Infelizmente, por causa do incêndio na biblioteca ficou sem saber ao certo que livro Jorge de Burgos atirou ao fogo. O comissário Maigret seguiu as pistas deixadas por ele e chegou a conclusões que não esperávamos.

Você cita livros, autores, põe muitas referências, notas de pé de página, o romance comporta esse recurso?

O romance sofre a influência de Mikhail Bakhtin, é dialógico por natureza e o narrador tem o direito de escolher suas referências. Nesse caso específico, ele faz referência a Etienne Gilson. Numa de suas obras, Gilson colocou notas de pé de página e isso foi o suficiente para receber uma saraivada de críticas. O que ele fez? Escreveu outro livro, dessa vez aquele estudo maravilhoso sobre Heloisa e Abelardo, e pôs de novo as suas referências. No prefácio deu o recado aos críticos: "Eis um pequeno livro repleto de notas; elas não constituem seu estilo, mas sua probidade".

Por isso decidiu pôr notas no seu livro?

Sim, para salvar a reputação do romance.

O romance tem tão má reputação assim?

Leia o processo movido contra Flaubert por causa de *Madame Bovary*.

Como você caracteriza o seu livro: romance-ensaio, romance autobiográfico, romance patafísico, metalinguístico, dialógico, bibliofágico, investigativo...?

O que você quiser, sem nenhuma rubrica. Ele se mistura com outros livros, devora-os, rouba o que lhe interessa, inclusive personagens, dialoga com todos e não é fiel a nenhum modelo. Talvez seja um ensaio disfarçado. Metaliteratura, dirão os críticos. Mas sou um *bricoleur* ingênuo, não coloquei veneno em nenhuma página e assim vocês podem folheá-las sem luvas e depois dizer o que ele é.

Dizem que seu livro exige muito do leitor. Que o leitor precisa ter muitas referências literárias.

Tenho certeza de que Alice (*Alice no país das maravilhas*) gostaria muito dele. Não tem desenho, mas tem muito diálogo. Mas é verdade, ele não dá moleza ao leitor. Afinal, como Umberto Eco já sugeriu, o leitor precisa fazer a sua parte.

Seu livro sofreu a influência da patafísica?

Tudo aqui é meio patafísico.

Como definir La Maga?

Uma mulher mágica, escuridão e luz, uma bruxa literária.

Ou uma bruxa patafísica?

Dá no mesmo.

Em quem Cortázar se inspirou para criar La Maga?

Nunca iremos saber. Em uma de suas amantes, por certo. Edith Aron ou Alejandra Pizarnik, talvez. Toda escrita é sempre fragmento de um discurso amoroso.[3]

Por que ela veio parar no seu livro?

Afinidades eletivas. Ela é sobretudo uma leitora, queria ler todos os livros, inclusive toda a obra de Agostinho.

Por que Santo Agostinho? Sua moral sexual fez tanto mal ao Ocidente!

---

[3] Para lembrar Roland Barthes.

Não sei o que La Maga responderia. Provavelmente reconheceria os "pontos cegos" do seu autor (quem não os tem?), mas diria que você é anacrônico e que seu anacronismo é injusto para com um pensador da complexidade de Agostinho. E certamente recomendaria a leitura de sua biografia escrita por Peter Brown. E perguntaria depois: "Queria que no século IV ele fosse Wilhelm Reich ou Michel Foucault?". Mas saiba que, perante Agostinho, La Maga hesita entre o fascínio e a recusa. Eu também.

Mas por que se preocupar com pensadores do passado?

Para espanto de São João da Cruz, eles e principalmente os poetas ainda *quedan balbuciendo*, ou seja, nos assediando com suas verdades.

É verdade que escreveu o romance porque La Maga pediu?

Você saberá isso lendo o livro.

Haveria outra explicação?

A outra explicação é que me apaixonei por ela.

Você já disse que La Maga veio parar no seu livro por afinidade. E Ludmila e Maigret? Como é que deixaram seus romances de origem e entraram no seu?

Eu também gostaria de saber, mas não sei, em literatura há coisas inexplicáveis. Em todo caso, se isso ajudar, Umberto Eco confirma que os personagens migram. Os que não migram, "não é que sejam ontologicamente diversos de seus irmãos mais afortunados: simplesmente não tiveram sorte".[4]

Quem é a La Maga do seu livro?

Certamente uma de suas leitoras.

---

[4] No ensaio "Sobre literatura".

II
São Paulo

-1-

Na USP, o presidente da Banca apresentou os examinadores, elogiou seus títulos e méritos, é a praxe. Depois agradeceu a presença de cada um e abriu os trabalhos.

— Declaro aberta a sessão de defesa da tese de livre-docência do professor Gabriel Blue, *Prolegômenos ao emprego da patafísica na busca de livros perdidos*.[5]

Voltou-se para mim.

— Como todos já receberam o resumo escrito da tese, não há necessidade de apresentá-lo verbalmente. Então podemos iniciar a sessão de defesa.

---

[5] Mais tarde, quando a tese virou romance, o editor mudou o título para *O manuscrito perdido de Santo Agostinho*.

-2-

Se o Dr. Freud tivesse lido o começo de minha tese, logo suspeitaria de um desejo secreto de envenenar Umberto Eco. E teria razão. A primeira vez que esse desejo brotou em mim foi por inveja. Por que ele escreveu *O nome da rosa*, e não eu? A segunda, por raiva, quando descobri que o livro escondido na biblioteca daquela abadia não era o segundo volume da *Poética* de Aristóteles.

Mais tarde, porém, percebi que não havia razão para envenenar Umberto Eco. Guilherme de Baskerville[6] não teve culpa se chegou a uma conclusão errada no final de *O nome da rosa*. Guilherme desvendou todos os crimes que ocorreram na abadia, menos um, porque sua investigação foi interrompida pelo incêndio que destruiu a biblioteca. Por isso, antes que você condene a minha inveja, apresso-me em prestar minha homenagem a Umberto Eco.

Lembro que na noite de 19 de fevereiro de 2016, quando os jornais televisivos anunciaram a sua morte, pensei comigo, "não pode ser", e fiz um trocadilho com o título de um livro que ele escreveu com Jean-Claude Carrière: *Não contem com a morte de Umberto Eco*. O certo é que todos aqueles livros que fizeram parte de nossa formação, ficarão entre nós. E os seus romances, entre eles *O nome da rosa*, essa grande obra, grande justamente porque pode ser prolongada em outras leituras. Deixe agora que me apresente e aperte a sua mão.

Meu nome é Gabriel Blue. Sou crítico de uma revista semanal e professor de mitologia e literatura. Formação em letras clássicas e antropologia literária, um doutorado em filosofia, alguns livros, ensaios e artigos espalhados por aí, umas melancolias e a literatura. Dito isso, passo a contar a história do livro que você começa a ler.

Mas por onde começar? "Comece pelo começo — disse o Rei ao Coelho Branco — e continue até chegar ao final. No final, pare"[7]. Esta história começa quando, no início da pesquisa para a tese, mergulhei na leitura de *Rayuela*, de Julio Cortázar. Foi nesse livro mágico[8] que encontrei a personagem decisiva para o que vou contar: La Maga, como a chamavam os amigos, por ser artista e apaixonada por astrologia, esoterismo, tarô, essas coisas.

---

[6] O investigador de *O Nome da Rosa*.
[7] *Alice no País das Maravilhas*, Lewis Carrol.
[8] Publicado no Brasil com o título *O jogo da amarelinha*.

A personagem principal deste livro, é ela, La Maga, ou a Maga, uma pianista argentina que foi estudar em Paris e lá ficou na companhia de pintores, poetas e músicos, todos malucos e todos fanáticos por Cortázar. Diz o narrador de *Rayuela* que ela tem um ar Toulouse-Lautrec, não sei direito por quê.

Se quiser conhecê-la melhor, é preciso ler *Rayuela*. Mas, para não fugir ao meu dever de narrador, direi o pouco que sei sobre ela, que é definitivamente lunática e dependente da lua. Nada de racionalidade, pelo contrário, é sentimento puro, é artista e o artista, como sabe Van Gogh, só conta com as estrelas. Por isso ela adora Luchino Visconti e já nem sabe quantas vezes foi ver *Vagas estrelas da Ursa Maior*. Adora Schubert, Brahms, Mozart, jazz, blues, poesia, dança, cinema. Vive entre livrarias, concertos, museus, é movida por instinto e paixão. E é linda, de uma beleza como a explosão de uma estrela, dura um segundo, e é maravilhosa. Foi nesse ponto que abandonei a tese e a tese virou romance.

La Maga entrou nele sem pedir licença nem a mim nem a Cortázar nem a ninguém. Ela é assim, "um arrogante vestígio da noite", como a gata que encantava Neruda. Não sei se leu Bergson, mas sei que prefere a intuição como caminho para o conhecimento, embora às vezes isso a atrapalhe. Uma vez confundiu São Tomás com São Tomé e chamou o primeiro de "aquele idiota que queria ver para crer". Ela não precisa ver para crer e vive repetindo Pascal, "o coração tem razões que a razão não sabe". Adora o Zen, lê madame Blavatski, consulta os astros, e, de vez em quando, cai nas ilusões de Maya. Essa Maga deixaria vovô Aristóteles pirado.

-3-

Cortázar sabia disso. Uma vez, quando fomos tomar café no Museu do Louvre, ele me disse que La Maga lhe lembrava a Francesca da *Divina Comédia*.[9] A diferença é que minha Musa não queria ler somente o Lancelot, queria ler Goethe, Homero, Dylan Thomas, Mauriac, Faulkner, Baudelaire e, acredite, Agostinho. Ela queria ler todos os livros, um caso típico de bibliomania incurável.

Ela sequer disfarçava o desejo neurótico de ler toda a obra do nosso santo, coisa que Possidius, seu amigo e primeiro biógrafo, acharia impossível, tão vasta ela é. Tinha lido tantas obras, *Confissões*, *Solilóquios*, *Contra os Acadêmicos*, *A Cidade de Deus*, *Sobre o Mestre*, tantas, o problema é que queria ler tudo, e justamente o manuscrito perdido. Aprendera com Agostinho que o ser humano é movido pelo princípio da *eudaimonia*, a felicidade, e a felicidade da leitora estava nos livros.

Se fosse psicólogo, eu não hesitaria em admitir que La Maga é obsessiva. Como não sou, prefiro, como Agostinho, dizer que se trata de *"concupiscentia legendi"*, concupiscência de ler, uma doença textualmente transmissível, como diria Daniel Pennac.

Concupiscência de ler, em latim ou português, dá no mesmo, o fato é que La Maga tinha muita curiosidade a respeito do autor de *Confissões*. "Falam tanto dele. Bem e mal, não é?" Começou folheando *Solilóquios*, seu primeiro encantamento. Afogueada, saltando linhas e virando páginas, como Emma Bovary,[10] defrontou-se com o inesperado: "De repente, uma voz me fala". De quem é essa voz? E o que ela ordena a Agostinho? "Deves escrever." E ele escreve: "Recebe teu fugitivo, Senhor, ensina-me como chegar a Ti" e ela vai lendo, lendo, e se encanta.

Um segundo encantamento acontece quando, passeando pelas diversas obras do autor, La Maga foi desvelando um Agostinho que não conhecia. Gostou de passagens nas quais ele dialoga com o homem moderno: "Não saias de ti", "Volta para dentro de ti mesmo", ou quando se refere à "copiosa indigência" que faz esse homem ir atrás de uma coisa ou outra sem que nada o satisfaça, nem mesmo a Black Friday.

E assim, de página em página, chega a *Confissões*. "Eu não escondo minhas feridas". Vai aos poucos se enredando na rede escritural de

---

[9] No Canto V de *A Divina Comédia*, Francesca também é uma leitora obsessiva.
[10] A personagem de Flaubert lia pulando as páginas para saber quem ia casar com quem.

Agostinho. "Era seduzido e seduzia, era enganado e enganava". Torna-se prisioneira da leitura. "Para onde o meu coração fugiria do meu coração?" Lindo! Tem pressa de saborear o texto. "Tornei-me um enigma para mim mesmo." Sente a profundidade psicológica do autor, vira a página, o que lê? "A lua e as estrelas consolam a nossa noite." Viciada em nostalgia, diz a si mesma: "Como é nostálgico esse santo". E se entrega de vez ao ler o que ele disse num sermão: "Uma coisa é um grande discurso, outra coisa um grande amor".

Agostinho abusa da função emotiva da linguagem, ela não resiste, vai lendo, lendo. Crevel, outro personagem de *Rayuela*, faz uma bela imagem dessa leitura: *"Tu sèmes des syllabes pour récolter des étoiles"*.[11]

Mais adiante, porém, uma neblina. Lendo *Confissões*, descobre que o primeiro livro que Agostinho escreveu, sumiu. Ninguém sabe como. O que se sabe, afinal? Simplesmente isso, sumiu. Censurado por alguma autoridade eclesiástica? Destruído por algum incêndio? Roubado? Escondido no fundo de algum mosteiro? Sumiu.

---

[11] Tu semeias sílabas para recolher estrelas.

-4-

Durante a Idade Média as mais afamadas bibliotecas competiam entre si para ver quem dispunha dessa obra. Reis, príncipes, abades e papas procuraram obter nem que fosse uma cópia falsa para ilustrar o catálogo de suas bibliotecas. A obra nunca foi encontrada e acabou relegada ao rol dos livros esquecidos, tão esquecidos que quando Stuart Kelly escreveu *O livro dos livros perdidos* não fez sequer menção a ele.

Ao comprovar que o livro se perdeu, La Maga entra em desespero. Como poderia ler a obra completa do seu autor, se o primeiro livro não existe mais? Em vão tentei acalmá-la, mas para ela a perda desse livro é como a perda de todos os livros. Dói-lhe o vazio no Catálogo, o espaço aberto na estante, como uma ferida. E então — ela me disse — queria perguntar a Camões como é que se transforma o amador na coisa amada por virtude do muito imaginar. Não sei se perguntou.

O que me disse depois é que se pôs a imaginar como seria esse livro de Agostinho. Como o *Retrato do artista quando jovem*? Mas haveria alguma relação entre Agostinho e Joyce? Consultou suas notas de leitura e descobriu que sim. Em *A natureza da narrativa*, Robert Scholes e Robert Kellogg garantem que Agostinho exerceu influência sobre o autor irlandês. Isso aumentou ainda mais seu desejo de ler o livro perdido e se sentiu uma leitora infeliz, como aquelas vistas em tantas pinturas. E já que era infeliz, queria ser infeliz como aquelas leitoras infelizes de Renoir.

E exagerada como é, fica inconsolável. Agostinho, outro exagerado, a atrai. Ainda mais que esse santo difícil, apaixonado e contraditório, genial, polêmico e vaidoso, às vezes insuportável, faz um pacto com o leitor.[12] Dialoga com ele, pede sua opinião, envolve-o, quer vê-lo participando da sua escrita. É um autor moderno, fascinante, donde o desespero de La Maga. Quer encontrar o livro, mas como? Onde? "Você sabe?" O olhar que me dirigia era uma súplica. Dias depois, quando nos encontramos, ela me perguntou:

— É verdade que o segundo volume da *Poética* de Aristóteles desapareceu?

É claro que ela sabia a resposta, mas fui em frente, entrei no jogo.

---

[12] Cf. "Pacto do autor com os leitores", p. 28 de *A Trindade,* Paulus Editora.

— Se Aristóteles escreveu mesmo esse livro, ele pode ter desaparecido na biblioteca de Alexandria ou no começo da Idade Média.

E recomendei que lesse Luciano Canfora.[13]

— Talvez lá se encontre alguma informação. Se não encontrar, procure em Alberto Manguel.

Ela ouviu e, em seguida, fez o gesto de quem vai revelar um segredo.

— Umberto Eco acaba de publicar um romance.

— Como se chama?

— *O nome da rosa.*

Também tenho os meus truques.

— De que se trata?

— Numa abadia medieval há um livro proibido que todos querem saber qual é. Só o abade, o bibliotecário e um monge fanático sabem, mas escondem dos outros monges. Começa então uma disputa interna entre os monges e isso culmina numa série de crimes misteriosos. Depois de uma investigação, descobre-se que os crimes estavam relacionados com o livro escondido. Na sequência, a abadia pega fogo — é o último crime — e então se espalha a notícia segundo a qual o livro proibido era o segundo volume da *Poética* de Aristóteles.

Resolvi provocá-la.

— Isso é coisa de romance.

Ela me olhou com ar de censura.

— Então você não acredita em romances? O romance é um meio de conhecimento.

— Meio de conhecimento é a ciência.

— A literatura também, a filosofia, se quiser, a mística.

— Vai querer então que eu leia Plotino, o Pseudo, quem mais? O Mestre Eckhart?

Ela fez um gesto de desdém.

— Conhece a palavra *quark*?

— Sim, é uma partícula, um dos elementos constitutivos da matéria. Quem lhe deu esse nome foi o físico Murray Gell-Mann.

— Sabe de onde o tirou? De um romance de Joyce, *Finnegans Wake.*

Achei o argumento maravilhoso, mas ela decidiu reforçá-lo.

— Já leu *O jardim dos caminhos que se bifurcam*, de Jorge Luis Borges?

---

[13] *A biblioteca desaparecida.*

Sequer esperou que eu respondesse:

— Nesse texto, de 1941, Borges antecipa a teoria dos universos paralelos de Hugh Everett, que é de 1957.

Fez uma pausa.

— Sabe do que mais? Segundo Hermann Broch, há coisas que só o romance pode descobrir.

— Menos, com esse seu Broch, menina. A ciência avançou muito, no macro e no micro. A literatura não pode competir com ela.

— Quando a ciência avança — ela respondeu — é para tornar real o maravilhoso que escritores como Júlio Verne ou Cyrano de Bergerac imaginaram antes.

Ajeitou o cabelo que caía sobre os olhos e deu o tiro de misericórdia.

— Lembre-se de Rimbaud. Nas cartas do vidente, em maio de 1871, ele já afirmava que a poesia era, sim, um meio de conhecimento.

— E quanto à certeza?

— A sabedoria do romance é a incerteza, como disse Milan Kundera e Shakespeare também sabia.

— Assunto encerrado, então.

-5-

Fiquei impressionado com a argumentação da Maga e comecei a desconfiar que ela estava jogando uma isca.

— Para ler toda a obra de Agostinho precisamos antes encontrar o livro perdido — jogou a frase no ar.

— E se não o encontrarmos?

— Você faz como Umberto Eco.

— O quê?

— Escreve outro.

Viu? A frase era uma isca.

— Do mesmo jeito que Umberto Eco encontrou a *Poética*, o seu livro poderá encontrar o manuscrito de Agostinho.

— Isso cheira a plágio.

Ela me olhou desconcertada.

— Mas não é. Em *O nome da rosa*, Guilherme de Baskerville diz ao jovem monge Bêncio: "Não há momentos em que vós faríeis coisas reprováveis para ter nas mãos um livro que procurais há anos?"

— Não quero ser acusado de coisas reprováveis.

Ia fazer minha réplica quando ela se antecipou e resumiu seu pensamento.

— Então, se não pudermos encontrar o manuscrito de Agostinho, quero ler esse manuscrito perdido no livro que você vai escrever.

Fez uma pausa e completou:

— Pode-se ler um livro lendo outro.

— Explique isso, por favor.

— A literatura também tem sua comunhão dos santos.

— E os pecadores são excluídos?

La Maga ficou meio irritada com a pergunta.

— A literatura é santa e pecadora, crente, descrente, blasfêmica, conhece o paraíso e o inferno. Mas de alguma forma os escritores ouvem vozes, como Joana D'Arc.

— Baudelaire também ouvia?
— Ele sente vertigem perante o sublime.
— E Rimbaud?
— O *damné* espera por Deus em *Une saison en enfer*.
— Como Beckett?
— Exatamente.
— Até quando?
— Até que ele venha.
— Então a literatura é um ramo da teologia?
— São irmãs inimigas.
— Cortázar me disse que você anda lendo J. L. Austin e praticando a linguagem performativa. É verdade?
— Sim, porque a linguagem tem poder, cria. Veja a linguagem de Deus no Gênesis.
— A linguagem do começo do Gênesis parece um filme de Spielberg, pura ficção científica, mas só funciona na Bíblia.
— Vai funcionar também no seu livro.

Não pude deixar de rir.

— *Fiat liber*. Faça-se o livro.

Ela fez que não ouviu.

-6-

La Maga queria ter certeza de que eu estava engolindo a isca. Então recorreu ao argumento de um personagem de *O Clube Dumas*, de Arturo Pérez-Reverte.

— Um livro é como o laboratório de Sherlock Holmes, é o melhor meio para se investigar o sumiço de outro.

Olhou de soslaio, avaliando o efeito produzido:

— Conhece a doutrina de Agostinho sobre a predestinação?

Não percebi a ligação entre uma coisa e outra. Acho que ela anda lendo também os diálogos platônicos, nos quais, em vez de responder, Sócrates faz uma pergunta atrás da outra até o interlocutor mandá-lo à merda.

— Não sou teólogo, minhas referências são literárias e predestinação é uma palavra traumática, dá arrepios.

— Por quê?

— Parodiando Milan Kundera, é como se Deus colocasse um disquete no computador e fosse embora.

Ela arregalou os olhos.

— Percebe que você fica preso no disquete?

— Um *hacker* pode mudar esse programa.

— Não conheço ninguém capaz de fazer isso.

— Mallarmé detona qualquer discurso, ou seja, qualquer programa.

— De que maneira?

— Basta-lhe um verso: "Um lance de dados jamais abolirá o acaso".[14]

Ela ficou desconcertada.

— Quer dizer então que nosso encontro em *Rayuela* não foi predestinação, mas acaso?

Tive de concordar.

— O acaso substituiu a predestinação agostiniana pelas *Afinidades Eletivas* de Goethe.

— Em Rayuela nos encontramos então graças a Goethe, não a Agostinho?

---

[14] "*Un coup de dés jamais n'abolira le hasard*".

— Sem dúvida. Deus prefere os artistas aos teólogos.

— Como sabe disso?

O diálogo estava se tornando interessante. Fui à estante, apanhei o *El Hacedor*, de Borges, abri na página de "Everything and nothing" e li para ela:

"Eu sonhei o mundo como tu sonhaste a tua obra, meu Shakespeare, e entre as formas de meu sonho estás tu que, como eu, és muitos e ninguém".

La Maga fez aquele ar de atriz de cinema e, por um instante, ficou em silêncio. Depois perguntou:

— Deus tem inveja de Shakespeare?

— Ele está mais próximo dos artistas que dos teólogos. Por acaso o grande inquisidor de Dostoiévski tem alguma relação com Deus?

— É verdade, o grande inquisidor vive no seu inferno dogmático.

— Não conhece o perdão.

— Nem o amor.

— Dostoiévski conhece, essa é a diferença.

— Os dogmáticos são como os cachorros de Richard Rorty.

— Por isso prefiro os gatos.

— Goethe era gato?

— Adorava Murr, o gato narrador de Hoffmann.

— E Agostinho?

— Agostinho era os dois ao mesmo tempo. Cachorro e gato.

— Um fenômeno biológico.

— O cachorro era o seu lado intelectual orgânico. Sua pior parte.

— Mesmo assim ele era diferente.

— Porque tinha sua porção gato. Quando seu lado cachorro se manifesta, ele diz que somos *massa damnata*, perdida, sem perdão.

— E quando se manifesta o seu lado gato?

— Aí ele fala no amor sem medida, aquela frase que deslumbrou Camus.

— Agostinho é contraditório.

— Os gatos também. E como são artistas, preferem as afinidades eletivas à predestinação.

La Maga olhou bem nos meus olhos.

— Confio no seu lado gato e espero que escreva o livro.

-7-

Está vendo, a Maga é um amor, mas tem ideia fixa, não desiste, continua jogando a isca e eu continuo me defendendo. Apostei na ofensiva.

— Pensando bem, que justificativa tenho para escrever esse livro?

— É preciso ter uma?

— Umberto Eco disse que escreveu *O nome da rosa* porque teve vontade de envenenar um monge.

— Onde ele disse isso?

— No *Post scriptum a O nome da rosa*.

— Então você diz que fez essa investigação bibliográfica porque teve vontade de envenenar Umberto Eco. E se perguntarem o motivo você diz a verdade: inveja.

— Matar por inveja?

— Como se mata por amor ou ódio. Simenon quis matar Maigret, Conan Doyle quis matar Sherlock Holmes, Umberto Eco quis matar o monge, você quis matar Umberto Eco.

— Depois eu vi que não havia razão para isso. Meu problema é escrever o romance que você me pede.

— Seu romance será um *best-seller*.

— Você sabe como se escreve um *best-seller*?

— Quem sabe é Jodie Ascher e Matthew Jockers.[15] Mas como me dirigiu a pergunta, minha receita é: critique a Igreja Católica, ponha escândalos sexuais, violência, amores proibidos, mulheres bonitas...

— Tudo bem, mas onde vou arranjar escândalos sexuais?

— Deixe por conta de Agostinho.

— O quê?

— Você entenderá depois. Por ora invente que Jerônimo escondeu o livro por inveja. Briga de santo dá Ibope.

— Enfim você quer que eu minta.

— Mentir é o imperativo categórico do romance.

— Acha que Kant leu algum?

— Era um chato, não gostava de romance.

---

[15] Autores de *O segredo do best-seller*.

— Agostinho faz uma distinção entre o sujeito falso, o ardiloso e o mentiroso. Qual deles você quer que eu seja?

— Você está mais para o mentiroso babão de D.H. Lawrence. Pare com essa mania de citar Agostinho o tempo todo. Leia Hesíodo, querido. Sabe o que ele diz? Que as musas mentem, mas dizem a verdade.

-8-

— Você me convenceu, mas...

— Por que resiste tanto à ideia de escrever esse livro? Se é falta de confiança saiba que isso aconteceu a muita gente boa. Allan Poe demorou um tempão para escrever *O relato de Arthur Gordon Pym*. E sabe quanto tempo Da Vinci levou para pintar o sorriso de *Mona Lisa*?

— Demoraram muito, certamente.

— Mas fizeram a sua obra.

— Fizeram porque eram Poe e Da Vinci. Eu...

— Você não escreve porque é um merda. Mas pode deixar, já postei que você vai escrever esse livro e houve um reboliço nas redes.

— O que estão dizendo?

— Aquelas coisas originais do Facebook. Tem talento, sucesso, quero ler, onde posso comprar?

— O Facebook é mesmo uma invenção extraordinária. Há quantos séculos a filosofia discute a questão do ser. Sartre dizia: ser é ser percebido. Na versão moderna do Facebook ser é curtir.

— Quero curtir o seu livro.

— Curtir é fácil, escrever é que são elas. Aquela página em branco...

— É o bloqueio psicológico, todo mundo tem.

— No meu caso é pior.

— Por quê?

— Porque sou leitor de João Cabral.

— O que isso tem a ver?

— Tenho o pudor de escrever.

— Como é isso?

— É como o pudor de defecar.

— E João Cabral tinha isso?

— Tinha. É o tema do seu poema "Exceção: Bernanos, que se dizia escritor de sala de jantar." Lá ele pergunta: "Por que é o mesmo o pudor/ de escrever e defecar?"

— É verdade. Mas hoje é fácil superar isso.

— O pudor de defecar?

— O de escrever, porra.

— Como?

— Vou lhe passar o endereço de Guy Curtois, diretor de uma agência que negocia inícios de romance. Por um preço módico você pode adquirir um início de romance adaptado ao seu estilo de escrever. Uma vez eu o ouvi falar sobre o assunto e fiquei encantada. Preocupe-se com a primeira frase do romance. Ela tem de conter a energia do grito inconsciente, tem de ser a faísca libertadora, o dedo que puxa o gatilho, enfim, tem de ser uma espécie de locomotiva capaz de puxar toda fileira de palavras, frases, páginas e capítulos, todo o cortejo de caracteres e a sequência de acontecimentos e metáforas...

— Que maravilha, onde posso encontrar esse Guy?

— No romance caleidoscópico do escritor Matéi Visniec. O título do romance é autoexplicativo: *O negociante de inícios de romance*.

— Mas eu não posso...

Ela não me deixou concluir a frase.

— Dane-se você e a escatologia cabralina. E mais, sabe o que você é, quer saber? É muito cabotino, só falta dizer que não se pode escrever depois de Joyce.

— Nem ser poeta depois de Auschwitz.

— Grandissíssimo viado.

Estava furiosa. Eu precisava arranjar uma desculpa para acalmá-la.

— Sabe, Maga, me falta a matéria-prima para escrever um romance.

Ela ficou me olhando em silêncio, avaliando o que eu dissera. Abriu uma pasta, tirou um livro de dentro e me entregou.

— Queria que você lesse isso.

Peguei o livro, era *Romancista como vocação*, de Haruki Murakami.

— Nesse livro — ela continuou — Murakami recorda uma cena do filme *E.T. O Extraterrestre*. Chega uma hora em que o E.T. precisa se comunicar com o seu Planeta, mas falta-lhe um aparelho que lhe possibilite a comunicação. Então ele junta tudo que pode: um guarda-

-chuva, pratos, toca-discos, um monte de entulhos e com isso consegue improvisar um aparelho e se comunicar com o espaço.

— Usando entulhos?

— O importante em tudo é a magia.

Voltou-se em minha direção.

— O que está esperando? Arrume os seus entulhos e comece.

— Começar como?

— Vou lhe dar a primeira frase: "Se o Dr. Freud tivesse lido o começo de minha tese, logo suspeitaria de um desejo secreto de envenenar Umberto Eco".

— O tal Visniec aprovaria esse começo?

— Sim, eu o comprei dele, e estou repassando a você. Ponha isso logo na primeira frase.

Viu? A maior parte do tempo parece que ela vive nas nuvens, mas, quando quer, sabe ser determinada. Dessa vez falou com tanta força que me convenceu.

-9-

Dizem que certas coisas só acontecem nos romances. Semanas atrás, dia frio, chuvoso, céu nublado, sem nenhuma disposição para escrever, pus-me a arrumar os livros nas estantes. Um deles escapuliu e foi ao chão. Corri a apanhá-lo. Acho que contraí a neurose do narrador de *Rayuela*. Quando algo cai, corro a apanhá-lo para não acontecer um raio, um terremoto, uma dor de barriga, um eclipse, um terremoto, enfim qualquer coisa que tire a nossa paz.

Ela sorriu.

— Que livro era?

— *Se um viajante numa noite de inverno*, de Italo Calvino. Abri e lá pelas tantas encontrei Ludmila procurando alguma coisa entre as páginas do romance.

— Ou procurando você? — perguntou La Maga.

Seria uma ponta de ciúme?

— Quem é essa Ludmila?

— É personagem do romance, uma leitora obsessiva. Foi isso que me atraiu nela, mais do que as covinhas no rosto e os cabelos profusos que atraíram Calvino. E a partir desse encontro comecei a perceber a presença forte de Cortázar e Calvino entre nós.

— Como?

— Graças a Cortázar encontrei você, que partilha comigo o gosto e, às vezes, o desgosto pelos escritos de Agostinho. Cortázar também trouxe a neurose do narrador de *Rayuela*, graças à qual encontrei o romance de Calvino. Este, por sua vez, trouxe Ludmila, que partilha conosco o gosto por livros perdidos.

— Parece a quadrilha de Drummond. "João amava Teresa que amava Raimundo que amava Maria que amava Joaquim que amava Lili que não amava ninguém." Só não sei onde por J. Pinto Fernandes.

— Então voltemos a Ludmila.

— É uma bibliófila maníaca.

— José Mindlin chama isso de loucura mansa.

— No caso dela, Freud sozinho não explica, tem de ser uma junta. Ele, Jung, Lacan, Winnicott, Bion, a tribo toda.

— Não esqueça o analista de Bagé — ela disse, rindo. Depois acrescentou, séria.

— Mas entendo a paixão de Ludmila pelos livros. É uma herança dos escribas cimérios.

— O que os cimérios têm a ver com essa história?

— Os primeiros habitantes da Ciméria acreditavam que os livros tinham origem sobrenatural.

— E, no entanto, é lá que começa a história de sua destruição — comentei. — E isso talvez explique a paixão de Ludmila pelos livros perdidos.

Quando mais tarde reuni as duas, tive uma surpresa: elas já se conheciam. Ludmila havia lido *Rayuela* e La Maga conhecia o romance de Calvino. Mas isso não impediu que se olhassem desconfiadas. Depois de medir La Maga de cima a baixo, Ludmila quis saber o que eu andava fazendo.

— Começando a escrever um livro para descobrir outro.

— Parece coisa de *Se um viajante numa noite de inverno*.

Contei a história do livro de Agostinho.

— O que há de especial nesse livro?

— Como saber se é um livro perdido?

— E como o Bom Pastor — disse ela — você quer ir atrás da ovelha perdida. Eu compreendo, livro perdido é como aquela moça que você não tirou para dançar. Fica sempre uma imagem, um perfume...

La Maga entrou na conversa.

— Se é assim, ele já esqueceu a ovelha, quer ir atrás da moça.

Ludmila olhou em minha direção.

— Acho que já nos conhecíamos antes do encontro na livraria.

— Sim, nos encontramos naquela conferência sobre a literatura ciméria.

— Isso mesmo, no Chile. Gostou da conferência?

— Você arrasou ao falar sobre a comunicação entre os livros. Quando cruzava as pernas então...

— Isso não é uma apreciação acadêmica.

— Não sou acadêmico em tempo integral.

— Faz assédio nas horas vagas?

— Escrevo.

— É a mesma coisa. Escrever é uma estratégia de sedução.

Mudou de assunto.

— O que se sabe sobre o desaparecimento desse livro?

— O pouco que o autor conta em suas *Confissões*. Reticências, elipses, ambiguidades...

— Isso é próprio do ambiente eclesiástico.

— É verdade. Por isso Mefistófeles diz que a teologia tem mil caminhos falsos, mil peçonhas...

Ela se benzeu.

— A quem interessava o sumiço desse livro?

— Saber isso é a pista para descobrir o culpado.

— Mas a partir de que vamos fazer essa investigação?

Só então percebi que ela já se incluía no projeto antes mesmo que eu a tivesse convidado. Então aqui está a segunda personagem deste livro: Ludmila, a leitora do romance de Calvino.

-10-

Enquanto La Maga lhe dirigia um sorriso falso, Ludmila se aproximou e me fez uma pergunta:

— A partir de que faremos essa investigação?

Aí me dei conta de que ainda não traçara nenhum plano e simplesmente não sabia por onde começar.

— Estou no grau zero da escritura.

Ela fez um ar de censura.

— Apropriação indébita de Roland Barthes. Mas não começou a escrever nada?

— Por enquanto tenho apenas um rascunho.

— Você está parecendo o rapaz que foi perguntar a Aldous Huxley o que devia fazer para se tornar romancista.

— E Huxley aconselhou o rapaz a adquirir papel e tinta.

— Ou criar um casal de gatos — completou La Maga, que também conhecia o ensaio de Huxley.[16]

— Mas o que têm a ver os gatos com o romance? — perguntou Ludmila.

La Maga entrou na conversa.

— Eles são psicólogos natos e um romancista precisa conhecer a alma humana.

— É verdade, mas Huxley estava desatualizado quanto a papel e tinta. O rapaz só precisaria de uma Remington portátil.

— O desatualizado é você. O rapaz só precisaria de um computador.

Saí pela tangente.

— Nem papel e tinta nem gato, nem Remington, nem computador. Vamos procurar o livro de Agostinho lendo outros livros. Esta é uma investigação bibliográfica, esqueceu?

— Vamos ler todos os autores por ordem alfabética, de A a Z, de Aristóteles a Zoilo — ironizou Ludmila.

Não tomei conhecimento.

— Por enquanto vamos ler *Confissões* e, em seguida, *O nome da rosa*. Outros títulos virão a seguir.

---

[16] "O sermão dos gatos".

Ludmila voltou a perguntar.

— Por que ler Agostinho e Umberto Eco?

— Porque os dois falam de livros perdidos.

— Qual é o seu plano?

— Vagabundear por dentro dos livros, dialogando, imitando, copiando, roubando, caçando como recomenda Michel de Certeau.

— Os críticos vão cair em cima de você.

— Devolverei as críticas como Henry Fielding no começo do *Tom Jones:* "Peço encarecidamente a todos os críticos que tratem de suas vidas e não se metam em obras que não lhes dizem respeito".

— E depois?

— Depois a ideia é fazer uma visita à biblioteca do Mosteiro de São Bento em Olinda.

— Olinda! — exclamaram as duas. — Por quê?

Mostrei-lhe uma nota publicada no *Diário de Pernambuco*, do Recife, anunciando que a biblioteca do Mosteiro de São Bento em Olinda iria passar por uma reforma para atualização de todo o seu acervo. Um tanto lacônica, a nota explicava que em recente limpeza da biblioteca foram encontrados manuscritos de origem desconhecida e daí a urgência da reforma.

— Alguma coisa me diz que devemos começar por lá.

As duas levantaram as mãos ao mesmo tempo.

— Temos uma proposta.

— Qual?

— Preparar a ida a Olinda num bar da Vila Madalena.

— Combinado.

-11-

E aqui estamos no bar nesse bairro badalado de São Paulo. Entre um gole e outro de um chope bem tirado e uma empadinha de camarão, Ludmila volta-se para mim:

— Tenho uma grande curiosidade a respeito das *Confissões* de Agostinho. Alguma semelhança com as de Rousseau?

— Seria melhor inverter a pergunta. Rousseau se inspirou em Agostinho, copiou o título e há quem aponte paralelismos na estrutura das duas obras. A diferença é que em Rousseau a Natureza toma o lugar de Deus.

Ela voltou a perguntar.

— Agostinho é um mestre da performance. Ele se confessa mesmo ou faz pose?

— "Eu quis roubar, roubei" é ou não é confissão?

— Pode ser uma delação premiada — provocou Ludmila.

La Maga balançou a cabeça e citou Goethe.

— Toda obra literária é um fragmento de uma grande confissão.

Entrei na conversa.

— Boa, Maga. Agostinho se confessa mesmo. Olha só como ele se dirige a Deus no Livro X de *Confissões*:

Mesmo que eu não quisesse confessar-te, poderia esconder algo de ti, de ti que conheces os abismos da consciência humana?

Ludmila ponderou, irônica.

— Acho que Deus seguiu o conselho de Coleridge: suspendeu a incredulidade.

As pessoas ao lado deviam estar achando louca a nossa conversa. Discutiam política, estavam exaltadas e Ludmila teve de falar mais alto.

— Eu posso ler *Confissões* como ficção, como um romance autobiográfico.

— Você pode ler como quiser — disse La Maga e procurou socorro em Huxley.

— O mal da ficção é que ela faz sentido demais.

— Por isso — acrescentei — se os romances antigos diziam que a marquesa toma chá às cinco, por que duvidar?

— Que se dane a dúvida metódica — disse La Maga.

— E o *cogito*? — insistiu Ludmila, não querendo perder pé na discussão.

— Lawrence Durrel diz que não há nada de errado com o *cogito* nem com o *sum*, o problema é o *ergo* — respondi.

— Onde encontrou essa pérola? — La Maga quis saber.

— Em *Tunc*, o romance que se seguiu ao *Quarteto de Alexandria*.

— Concordo com Durrel, dane-se o *ergo* porque sempre se pode perguntar se a ficção tem alguma coisa de verdade.

Ludmila quis confundir.

— Reformulando a pergunta: existe uma verdade literária?

O tom da discussão ao lado estava ficando cada vez mais exaltado. Na Vila Madalena a cerveja incentiva a discussão política, filosófica, às vezes teológica. Jung pode ter certeza: no último estágio da bebedeira Deus é sempre chamado. Bebe-se pela liberação da maconha, contra o aquecimento global, pela autodeterminação dos povos, contra ou a favor da guerra, se alguém é de esquerda ou de direita e por aí vai. Donde as discussões acaloradas entre os frequentadores.

— Direita burra!

— Esquerdopata!

— Vai pra Cuba, Eduardo.

-12-

Quando o murmurinho baixou, La Maga retomou a conversa.

— Gostaria de retomar a pergunta de Ludmila sobre verdade literária.

— Se eu fosse físico — retruquei –, diria que as antipartículas não passam de reflexos, mas existem de verdade.

Ela me olhou perplexa, sem saber se eu estava falando sério ou não.

— Nesse caso, mesmo que *Confissões* fosse um livro de ficção, o que Agostinho diz poderia ser verdadeiro — disse La Maga.

Ludmila falou:

— Estamos tangenciando a noção de falsificabilidade de Karl Popper. A literatura é verdadeira porque é falsa.

— Agostinho concordaria com você — disse La Maga.

E desviou o assunto.

— Acho que merecemos mais um chope.

— E uma porção de presunto parma — disse Ludmila fazendo sinal ao garçom.

Na mesa ao lado alguém gritou:

— Viva o camarada Lênin!

— Quem é esse Lênin? — perguntou uma moça na outra mesa.

— É uma abreviação de Lenine, um compositor lá do Recife — respondeu o colega ao lado.

La Maga retomou a conversa disfarçando o riso.

— A propósito da noção de falsificabilidade, pode-se fazer uma aproximação entre Popper e Agostinho. Em *Solilóquios* depois de ler a história do voo de Ícaro, Agostinho conclui que esse voo só é verdadeiro porque é falso.

Ludmila debochou.

— Que barato! Então podemos concluir que Gabriel é um narrador falso, somos personagens falsas e, portanto, este romance não existe.

— Suas premissas também são falsas — rebateu La Maga. — Este romance não existe porque ainda não foi lido por ninguém. E como não existe, não pode ser falso.

— O que vocês têm contra o falso? — provoquei. — Picasso se vangloriava de ter produzido os melhores Picassos falsos do mundo.

Seria um jeito de chamar a atenção para si? Ludmila levantou a mão e fez uma proposta.

— Já que vamos fazer uma investigação para descobrir esse manuscrito, queria indicar um policial para fazer parte do grupo.

— Policial?

Achei aquilo um disparate. Bebeu demais.

— Quem é o policial? — perguntou La Maga.

— O comissário Jules Maigret, dos livros de Georges Simenon.

— Sou fã de Maigret — disse a outra.

— E eu sou seu fã — retruquei –, mas o que tem a ver o meu livro com os romances policiais de Simenon?

— O seu livro não é uma investigação?

— É uma investigação bibliográfica.

— Mas procura um culpado. Quem roubou, escondeu, queimou, destruiu o manuscrito de Agostinho?

Tive que me render à evidência e fiquei pensando naquela proposta inusitada. Ela insistiu.

— Por favor, Gabriel, leia isso. É a abertura do segundo capítulo de *Se um viajante numa noite de inverno*:

O romance começa numa estação ferroviária: uma locomotiva apita, um silvo de pistão envolve a abertura do capítulo, uma nuvem de fumaça esconde em parte o princípio do primeiro parágrafo. Alguém olha através dos vidros embaçados, abre a porta envidraçada do bar, tudo está brumoso em seu interior.

— Se estivéssemos tratando de pintura — La Maga observou –, podíamos pensar que a técnica do *sfumato* é proposital para criar um clima de suspense.

Ludmila, que vivenciou essa história como personagem de Calvino, sabe bem do que se trata.

— Nesta parte do romance entra em cena o comissário Gorin, que está perseguindo um traficante escondido entre os parágrafos do segundo capítulo. O tom *noir* sugere perigo, suspense, alguma coisa pode acontecer a qualquer momento. O leitor fica alerta. Essa é a técnica de Calvino para atrair a atenção de quem lê.

Entendo agora o que Ludmila está pensando. Ela quer que o leitor do meu livro também fique atento, não deixe de ler e por isso pede que eu ponha emoção no livro, perigo, essas coisas. Se o recurso usado por Calvino funciona — ela pensa —, por que não usá-lo?

— Você está querendo trazer um detetive para colocar mais ação na história? — perguntei.

— Claro. Só os bibliófilos aguentam um livro que só fala de outros livros. O leitor comum quer ação, suspense, emoção...

La Maga virou-se para a colega.

— O que você sugere?

— Ação, crime, traição, sexo, drogas...

La Maga foi implacável.

— Por que você não vai ser personagem de Bukowski?

Entrei na conversa.

— Prefiro Cervantes.

— O que ele fez?

— Encheu o *Dom Quixote* de encantamentos, requebros, amores, disparates...

Ludmila riu.

— Não é isso, você não entendeu.

La Maga voltou-se para ela.

— Então em vez de ficar reclamando, por que você não traz mais emoção ao livro?

— Posso fazer um *striptease* — disse ela ameaçando abrir a blusa.

Opa, isso aumenta a expectativa erótica dos leitores, pensei. Mas Ludmila mudou de assunto.

— Posso dar mais emoção ao livro convidando Corso, personagem de *O Clube Dumas*, de Arturo Perez-Reverte, para se juntar a nós.

Sei por que Ludmila diz isso. O *Clube Dumas* tem uma narrativa movimentada, cheia de surpresas. É isso que ela quer no meu livro.

— Chegou a falar com Corso?

— Sim, ele achou boa a ideia de procurar o livro de Agostinho, mas deu a entender que não participaria, seu negócio é outro, comprar e vender edições raras e não procurar livros perdidos.

— Se a gente achar o livro, aposto que o bonitão vai querer comprar — riu La Maga.

Ludmila prosseguiu.

— Depois da negativa de Corso, me lembrei de procurar Ignacio de Toledo.

— Quem é esse? — perguntei.

— Aquele do romance de Marcello Simoni.

— O mercador de livros malditos?

— Exatamente.

— De fato — concordou La Maga — aquele romance tem ação e emoção o tempo todo.

— É como *O Conde de Monte Cristo* — lembrou Ludmila.

Dei um cavalo de pau na conversa

— Você acha que Maigret teria interesse em se juntar a nós nessa investigação? — perguntei a Ludmila.

— Por dois motivos: ele está se aposentando e esta é uma investigação diferente. Ele nunca fez uma investigação como esta.

Acabei concordando.

III

Paris

-13-

Em Paris, fomos ao encontro de Maigret, La Maga nos levou primeiro para um passeio pela parte da cidade que chama de "minha Paris mítica", onde conheceu Cortázar. Pensei no Recife mítico de Manuel Bandeira, mas ela não me deixou pensar, queria entrar logo no clima de *Rayuela*, rever a Pont des Arts, onde ficava horas debruçada sobre o parapeito contemplando a água e pensando em se atirar no rio. Tão romântico morrer no Sena. Queria rever Montparnasse, passar em livrarias, tomar café no bar do Louvre, enfim andar "por uma Paris fabulosa deixando-se levar pelos signos da noite", como fazia quando morava por lá.

À noite, quando Ludmila foi visitar uma sobrinha de Italo Calvino, La Maga me fez um convite.

— Que tal ver o filme de Wood Allen, *Meia-noite em Paris*?

Não sei se em algum romance o narrador foge com a personagem. Eu fugi. E no meio daquela trilha sonora que abre o filme, saímos andando pelo cais do Sena cantando "*Si tu vois ma mère*". Encontramos Gil Pender, um roteirista de Hollywood que estava escrevendo um romance e ansioso pela fama. Me apresentei, disse meu nome, Gabriel Blue, e perguntei-lhe sobre o que estava escrevendo.

— Sobre um homem que trabalha com coisas antigas numa loja chamada Fuga ao Passado. E você?

— Sobre um manuscrito perdido no século quarto.

Ele riu.

— Também é uma fuga ao passado.

E quando percebemos já estávamos, La Maga, eu e ele nos anos 1920, no meio de uma festa com os Fitzgerald, vivendo *Este Lado do Paraíso*, embora Zelda tenha dado muito trabalho quando quis se atirar no Sena. Com T.S. Eliot, vivemos também o desespero da Terra Desolada. Foi uma glória andar por Paris na companhia de Hemingway, Picasso, Buñuel, Matisse, Jean Cocteau, Salvador Dali, não lembro de todos, tinha bebido um pouco. Gil Pender também, os olhos arregalados, não acreditava no que estávamos presenciando. Só pensava em apresentar seu livro a Gertrude Stein. La Maga deu um jeito de fazer o mesmo com o meu e depois, na festa, um pouco embriagada, entrou no coro da Zelda, "Vamos nos apaixonar", confundia Dali com Ionesco por causa dos rinocerontes e me dizia, como se fosse a Senhorita Ri do romance de Mátei Visniec,[17] "Não esqueça de sonhar comigo".

Foi uma noite maravilhosa. Sentar nas escadarias e ficar ouvindo os sinos de St. Etienne du Mont, andar pelo Cais do Sena, conhecer aqueles escritores e pintores... mas não vou contar tudo, como diz meu amigo Cortázar, Paris é um grande amor às cegas. E antes que a magia daquela noite acabasse, Gertrude Stein me mandou um recado por Gil Pender: "Estou adorando *O manuscrito perdido de Santo Agostinho*, é uma celebração da literatura, merece um bom editor." Quando a festa acabou, La Maga e eu nos despedimos com saudade de toda aquela gente. Vou ler todos os livros deles, ela me disse, com uma lágrima escorrendo pelo rosto. Gil Pender decidiu ficar em Paris, na companhia da menina que vendia as partituras de Cole Porter. Abraçamo-nos, eu e Gil, e prometemos um ao outro comparecer aos lançamentos dos nossos livros.

---

[17] *O negociante de inícios de romance.*

-14-

No dia seguinte La Maga propôs que fôssemos passar a tarde no Café du Trocadéro para anotar tudo que vivemos na noite anterior. Tive de lembrá-la que nossa vinda a Paris era para encontrar o comissário Maigret e convidá-lo a participar da investigação sobre o manuscrito de Agostinho. A "Paris mítica" ficaria para outro dia.

Ela fez cara amuada, mas chegamos a um acordo e lá fomos encontrar o comissário no seu lugar preferido, a Brasserie Dauphine. Estava tomando um aperitivo em companhia dos inspetores Lucas e Javier, que trabalham com ele há anos. Contava suas preocupações com casos difíceis que tinha de investigar. "Loucos e semiloucos gostam de encher o saco da polícia". Ao perceber o estado de espírito em que estava, achei melhor abordá-lo noutro momento. Pensei em voltar no outro dia, mas Lucas, meu ex-aluno na PUC-SP me reconheceu.

— Que prazer em vê-lo, professor.

E me apresentou.

— Comissário, este é Gabriel Blue, professor de teologia.

Maigret me olhou com curiosidade.

— Teologia? — perguntou.

De onde Lucas tirou isso? Já cansei de explicar que nunca fui professor de teologia. Sou professor de literatura. Acontece que a literatura mergulha fundo na condição humana e entre ela e a teologia há um instante em que as perguntas se encontram e as respostas se perdem. Mas Lucas nunca prestou atenção.

Por sorte o comissário parece ter gostado da interrupção que minha chegada provocou porque lhe permitiu distrair-se de suas preocupações. Aproveitei para lhe apresentar Ludmila e La Maga e, na conversa, ele me disse que nunca tinha visto de perto um professor de teologia. Não o corrigi, entrei na brincadeira.

— Sinal de que nenhum deles transgrediu as leis francesas — respondi ironicamente.

Ele riu e eu continuei.

— Também nunca tinha visto de perto um policial francês.

— Esses sempre estão em más companhias — respondeu, rindo.

O gelo inicial tinha se quebrado. Ele me olhou com simpatia.

— Comecei a ler *O nome da rosa* — disse — e estou gostando muito do modo como Guilherme de Baskerville conduz a investigação. Sei que é um importante teólogo e, pelo que posso perceber, teólogos e policiais estão sempre atrás de algum fugitivo.

— Deus ou os malandros de Paris — completou La Maga.

— Por isso há uma semelhança entre a investigação teológica e a investigação policial.

Maigret ponderou.

— Mas há uma diferença: o policial sabe que um dia ele apanha o malandro.

— Já os teólogos investigam sabendo que nunca vão apanhar o suspeito.

La Maga entrou na conversa.

— Um deles, Jack Miles, inicia seu livro *Deus, uma biografia* dizendo: "Por incrível que pareça, Deus não é nenhum santo".

Maigret riu.

— Nós temos mais sorte.

— São santos?

— É sorte mesmo — disse Ludmila –, porque no caso dos teólogos o suspeito é tão malandro que ele mesmo espalha que não existe.

— Esse é o charme de Deus, fazer de conta que não existe — disse La Maga.

— Os gregos ficaram alucinados por causa disso. Afinal, ele existe ou não existe?

— E os profetas bíblicos? O tempo todo perguntam: "Onde está Ele?"

— E começa a doideira — caçoou Ludmila.

— Agostinho inventa o *Fides quaerens intellectum*[18] — lembrou La Maga.

Maigret virava o pescoço de um lado para o outro, para acompanhar a conversa.

— São Tomás procura provas — disse alguém.

— Santo Anselmo sai-se com o argumento ontológico — completei.

La Maga acrescentou.

— E Borges inventa o argumento ornitológico.

Maigret animou-se, pediu chope pra todo mundo. Até os garçons pararam para acompanhar a conversa. Lucas levantou a mão:

— Afinal, Deus existe ou não existe?

Silêncio. Ninguém se atreve a responder. Dei a resposta de Kolakovski.

— Deus não existe na Albânia, mas existe na Pérsia.

Maigret bufou.

— Mais um louco. Não bastasse ser filósofo, ainda por cima é polonês.

— Mais louco era Beckett. Até hoje espera Godot.

— Mas não tem nada não, Dan Brown garante que logo esse Godot desaparece da cultura.

— Vai demorar, outro dia Chico Buarque o viu na rodoviária de Brejo da Cruz.

Maigret não aguentou tanto disparate.

— Por que não vão todos para a puta que os pariu?

Depois desse *pot-pourri* de asneiras, Basílio saiu em defesa do Todo-Poderoso.

— Toda negação de Deus esconde uma nostalgia.

— É mesmo — concordou La Maga — É o caso de Saramago. Quem senão um ateu nostálgico poderia escrever *O Evangelho segundo Jesus Cristo*?

— Ai de Deus se não fossem os ateus — comentei.

— Ai de Deus se não fossem os artistas — Ludmila completou.

---

[18] A fé em busca da inteligência.

La Maga reclamou do frio, quis tomar um conhaque.

— Aceita uma taça? — ela me ofereceu.

— Claro, mas não reclame do frio. Foi num frio assim que Rimbaud resolveu passar *une saison en enfer*.

— Vá com ele e escreva o meu livro.

-15-

Maigret ouvia em silêncio, mergulhado em suas lembranças. Na infância, quando o pai administrava o Castelo Saint-Fiacre, ajudava a missa na paróquia. Via Deus na hóstia e não tinha dúvidas. Depois...

— Passou a duvidar?

— Deus se perdeu na fumaça do cachimbo — disse com uma certa tristeza.

Fez silêncio, virou-se em minha direção.

— Sei bem o que é essa procura. No começo de minha carreira muitas vezes segui dias e dias um batedor de carteira conhecido como Fininho.

— Por que Fininho?

— Porque ele sempre escapava. Nenhum policial conseguia pegá-lo.

— O que acontecia?

— Ele desaparecia, sumia bem na nossa cara. Uma vez aconteceu num quarto de hotel, no escuro, porque o guarda da rua cortou a luz para ele não perceber o carro da Polícia parado em frente. Eu sabia que ele estava ali. Sabia também que ele sabia que eu estava ali.

— E então?

— Ele fugiu por uma janela.

— O que sentiu?

— Que era um jogo, uma partida que não tinha fim. Uma vez começada, era impossível abandoná-la. Estaria sempre no encalço de Fininho e Fininho estaria sempre fugindo de mim.

Entrei na conversa.

— Deus é o Fininho dos teólogos.

— Batedor de carteira?

— Isso você pergunta a Nietzsche.

— Dawkins resolveria a questão dizendo que Fininho não existe.

— Dawkins pode dizer o que quiser, todos os policiais de Paris sabem que Fininho existe.

Percebi que os olhos de La Maga brilharam.

— Você acaba de definir a relação do teólogo com Deus.

— Os teólogos também têm o seu método de investigação.

— Qual?

Foi formulado por Agostinho.

— Procura como se fosses encontrar, sabendo que não encontrarás nunca se não procurares sempre.

Ouviu-se a risada de Ludmila.

— Mesmo procurando tanto, ele perdeu o livro e não mais o encontrou.

— Isso vai ficar por conta do comissário Maigret — disse La Maga.

Maigret olhou para ela sem entender. Aproveitei a deixa para fazer-lhe o convite. Apresentei-lhe La Maga e Ludmila.

— São personagens de romance como o senhor. Vão se entender bem.

Disse quem era, o que estava fazendo e que gostaria que ele nos ajudasse em nossa investigação.

Ficou pensativo.

— Não entendi direito. Alguém falou em tese de livre-docência? — perguntou, desconfiado.

— Era, não é mais.

Ele fez silêncio.

— Ainda bem, já vi teses tão cretinas...

Ele retomou a palavra.

— Por que me convida para essa investigação?

— Porque o senhor tem um método afetivo de investigação e isso o aproxima de Agostinho.

Ele fez silêncio. Temi que fosse recusar o convite.

— Imagino o tipo de ambiente que vocês vão encontrar: mosteiros, conventos...

Ludmila entrou na conversa.

— Fez alguma investigação em ambientes assim? — quis saber.

— Uma vez — ele disse — fiz uma investigação diferente: a arma do crime era um bilhete dentro de um missal. No meio da missa, a senhora abriu o missal, encontrou o bilhete. Era cardíaca, tombou na hora sobre os vizinhos de banco.

Calou-se, ficou pensativo, depois nos surpreendeu.

— Se estão querendo fazer uma homenagem a Georges Simenon, aceito o convite.

— Seja bem-vindo, comissário — dissemos nós três.

Ele nos olhou, irônico.

— Jamais comecei uma investigação em condições tão vagas, quase absurdas.

E foi assim que ele se tornou nosso terceiro personagem. Tive certeza disso no dia seguinte, na volta ao Brasil. No aeroporto, o sistema de som já nos chamava para o embarque quando ele tirou o cachimbo da boca e nos acenou gritando:

— A gente se vê em Olinda.

IV

Olinda

-16-

Entre um chope e outro no alto da Sé, *exilé sous le soleil*, como gostava de dizer, Maigret nos contou que antes de viajar para o Brasil andou por Saint Denis e outros mosteiros franceses em busca de pistas do manuscrito.

— Saint-Denis! — exclamou Ludmila. — Saint Denis tem um charme especial, por lá andou mestre Abelardo num dos momentos mais difíceis de sua vida.

Os olhos de La Maga brilharam.

— Maître Abelard! — exclamou.

— E Heloise! — completei.

Ela virou-se em minha direção.

— A maior história de amor da Idade Média.

Maigret não estava a fim de histórias de amor, queria contar o início de sua investigação em Paris. Mudou a posição da cadeira e virou-se para mim.

— Encontrei seu amigo Charles Antoine em Saint-Denis preparando um artigo para o *Le Monde*. Estava em companhia de Odille e Jean Bassé. Esperam você para o lançamento do seu livro em Paris, depois de São Paulo e Olinda.

— Diga isso ao editor — disse La Maga. — Mas o que revelaram os monges de Saint-Denis sobre a possibilidade de ainda encontrarmos o manuscrito?

— Um deles, mais jovem, disse que é como caçar pokémon.

— Só isso? — respondeu La Maga, desapontada.

— Outro, mais velho, nos deu um pouco mais de esperança. Disse que entre os séculos XVI e XVIII seus confrades viajavam e levavam livros das abadias europeias para mosteiros no Brasil.

— Há informações sobre livros enviados ao mosteiro de Olinda? — quis saber La Maga.

Maigret virou-se para ela.

— Fiz uma pergunta específica sobre isso.

— E?

— Fiquei sabendo que nos arquivos de Saint-Denis consta o nome de um certo frei Ruperto, que na época exercia a função de qualificador do Santo Ofício em Olinda. Era o encarregado de fiscalizar os volumes que chegavam da Europa.

La Maga piscou o olho para mim.

— Temos de procurar esse frei Ruperto nos arquivos do mosteiro.

Maigret nos contou ainda que, além de entrar em contato com beneditinos franceses, fez outras investigações. Passeou pelo cais do Sena conversando com livreiros, alfarrabistas, bibliófilos, buquinistas, bibliopatas, loucos e semiloucos, lunáticos de todo tipo.

— Um vendedor de pássaros quis me vender um que adivinhava coisas e dava informações modulando o seu canto.

— Modulou algo interessante? — quis saber Ludmila.

— Não o comprei, mas num *Malleus Maleficarum* que o sabido me vendeu li depois que Agostinho teve relações com magos, feiticeiros e adivinhos, e que estes, por sua vez, roubaram o *De pulchro* e o venderam. Não se sabe por onde o livro andou pelos séculos seguintes.

— Talvez o *Malleus* seja uma boa pista — disse La Maga.

Maigret deixou-a desapontada.

— Consultei um especialista e fiquei sabendo que aquela edição era falsa.

-17-

Desde que li o anúncio da descoberta de manuscritos no mosteiro de Olinda, meu faro de pesquisador diz que os abades beneditinos são sempre uma boa pista. Decidi por isso procurar o abade olindense e pedir-lhe permissão para acompanhar o trabalho de recuperação dos documentos encontrados. Minha intuição dizia que ali podia estar uma boa pista. Além da reputação do abade de ser um botânico reconhecido nos meios científicos, o que me levou a procurá-lo foi também o fato de os beneditinos sempre estarem envolvidos com bibliotecas e livros.

Subimos a ladeira do mosteiro, La Maga, Ludmila, Maigret e eu, e fomos ao encontro de dom Pedro Bandeira, Maigret suando por todos os poros, maldizendo as ladeiras de Olinda.

— Amanhã vamos levá-lo para subir a Ladeira da Misericórdia. Ludmila riu.[19]

Desse lugar onde agora estamos, na calçada do antigo Palácio dos Governadores, já se avista o mosteiro protegido por um bando de palmeiras.

— É para lá que nos dirigimos — apontei — querendo agilizar a narrativa.

— Atenção — gritou Ludmila debochando –, luzes, câmera, ação.

Depois de caminhar mais um pouco, tocamos a campainha e o irmão porteiro logo veio nos dizer que dom abade nos aguardava no parlatório, ao lado da capela privada dos monges, e para lá nos dirigimos.

Dom Pedro ouviu com paciência monástica o projeto de procurar o livro, "seria uma graça de Deus se o encontrassem aqui", aprovou a ideia de começarmos pela leitura de *Confissões*, mas mostrou certa cautela em relação ao êxito de nosso projeto. Mostrou isso no estilo prudente dos homens da Igreja, mas foi o bastante para La Maga ficar desapontada e eu me apressei em confortá-la:

— Faz parte da prudência beneditina.

— Já sei, a *Ética a Nicômaco*, a *Suma Teológica*...

Dom Pedro não ouviu o resmungo, voltou-se para mim.

---

[19] Ela sabe que é a ladeira mais íngreme de Olinda.

— Já sabem que foram encontrados manuscritos antigos no porão de nossa biblioteca. Não sabemos como nem quando chegaram aqui, de onde vieram, quem os trouxe.

Ludmila arregalou os olhos e todos nos lembramos do frei Ruperto, de que falaram os monges de Saint Denis. O abade continuou.

— Dom Basílio, nosso bibliotecário, dom Acácio e dom Serafim, seus colaboradores, cuidarão da recuperação do manuscrito. Dom Basílio doutorou-se na Sorbonne, letras clássicas e arqueologia, dom Acácio estudou paleografia, dom Serafim é restaurador, são as pessoas indicadas para esse trabalho. Poderão ajudar nas pesquisas sobre o manuscrito perdido.

Abriu os braços.

— Trabalhem, decifrem o manuscrito e — com um sorriso paternal — encontrem o que procuram.

Levantou a mão para nos abençoar.

— Desejo-lhes boa sorte.

E se foi.

Eu já ia começar a discutir com os novos colegas o nosso plano de trabalho quando fui interrompido por trompetes e tambores anunciando que o Galo da Madrugada estava na rua ao lado, ensaiando para o carnaval.

— Olinda é uma festa — comentei, lembrando o livro de Hemingway sobre Paris.

— Profana e sagrada — completou Basílio, leitor de Mircea Eliade.

Procurei Ludmila e La Maga, já estavam longe correndo atrás do Galo.

— Cadê Maigret?

-18-

A frase inicial de *Rayuela* não me sai da cabeça. "Encontraria La Maga?" Ela é sempre imprevisível, mas felizmente chegou cedo para o café da manhã, a minissaia combinando com o verde/azul dos olhos. Disse "bom dia", abriu um sorriso e me olhou de um jeito que lembrava um verso de Manuel Bandeira: "De muito olhar de mulher já sofri".

E me lembrou também uma história do cineasta Luchino Visconti. Às vésperas de começar a filmagem de *Os deuses malditos* ele convidou Charlotte Rampling para viver a personagem principal. Era bonita, um olhar devastador. Mas com apenas vinte e dois anos hesitou, receou não possuir experiência para o papel, quis fugir. Visconti segurou a fugitiva pela mão. "Vou te ensinar a ser uma atriz, só preciso saber o que há por trás desse olhar."

Contaria essa história a La Maga? Não. Cortázar não precisou ensinar-lhe nada, nem Simenon ensinou alguma coisa a Maigret. Pelo contrário, Simenon diz que escreveu os primeiros livros sobre Maigret "para aprender como se escreve uma novela". Como não sou Visconti, nem Cortázar nem Simenon, nem vou falar nada.

— Gostou do Galo da Madrugada? — perguntei.

Antes que ela respondesse, ouviu-se um sonoro *bonjour*.

Era Maigret e Ludmila que chegavam. Então refiz a pergunta para incluir os dois.

— E aí, gostaram do Galo da Madrugada?

Ludmila foi a primeira a falar.

— Nunca tinha visto nada parecido. Eu e La Maga subimos e descemos essas ladeiras como as bacantes nas festas dionisíacas.

— Com o mesmo furor — comentei.

— E você, Maigret, esqueceu Fininho?

Ele riu.

— Como vocês esqueceram Agostinho.

— Que rima pobre! — provocou La Maga.

Maigret ia responder quando Tião se aproximou e botou uma bandeja sobre a mesa. Suco de caju, uma variedade de frutas, tapioca, pão na chapa, queijo assado, bolo de mandioca, cuscuz e café.

— Le Café é um lugar especial — expliquei. — Depois que François foi para o Marrocos, Tião conseguiu manter o lugar do mesmo jeito. Simples, distinto, acolhedor.

Tião sentou-se, puxou conversa.

— Sei que estão atrás de um livro perdido.

La Maga fez um ar de interrogação.

— Aqui as notícias chegam com o vento — Tião explicou.

Ela ia dizer alguma coisa quando ele se antecipou.

— Vão gostar daqui. Os beneditinos acolhem bem as pessoas. Quando disse outro dia a dom Basílio que me considero católico e umbandista ao mesmo tempo, ele sorriu.

— Em Olinda todo mundo é assim.

Tião completou:

— Eu rezo em todas essas igrejas, me pego com todos esses santos, essas Nossas Senhoras maternais, expressões da beleza de Yemanjá e, ao mesmo tempo, cultuo os Orixás e os caboclos da minha negritude. Um teólogo muito conhecido por aqui, o professor Gilbraz Aragão, da Unicap, diz que estou certo, que é assim mesmo.

— Olinda é como a Tipasa de Camus — disse Ludmila. — O "eu vejo" equivale a "eu acredito".

— É isso — concordou Tião. — Temos até um poema de Carlos Pena Filho que flerta com a Tipasa de Camus:

"Olinda é só para os olhos, ninguém diz:
é lá que eu moro,
diz somente: é lá que eu vejo".

Virou-se para La Maga.

— A senhora é estrangeira, está gostando da cidade?

— Olinda é um cenário. Estou amando — disse me procurando com os olhos.

Tião olhou em minha direção e repetiu uma frase de *Rayuela*.

— O amor, essa palavra...

Depois voltou-se para ela.

— Tem razão. Olinda é cultura, arte, música, história.

Maigret resmungou alguma coisa em francês.

— Já sei — disse Ludmila –, ele está aborrecido porque perdeu o cachimbo no meio da folia.

Tião nos surpreendeu.

— Para ele não é folia, é *folie*, loucura — disse, explicando que aprendeu francês com François.

-19-

Tião conhecia a fama do lendário comissário Maigret e estava orgulhoso de estar ao seu lado.

— Quando François foi para o Marrocos, deixou comigo vários livros de Simenon — disse dirigindo-se ao comissário. — Desde então sou seu admirador.

Maigret ficou encabulado.

— Li várias de suas aventuras — fez uma pausa —, são inesquecíveis.

— Adoraria tomar um Calvados — disse Maigret para disfarçar a emoção.

— Serve um Calvados de pitanga? — Tião perguntou, rindo, e ofereceu um licor especial da casa.

Na segunda dose, Maigret quis saber que licor era aquele.

— É licor de pitanga. A receita foi um presente de Gilberto Freyre para François. Maigret levantou o copo.

— Então à saúde do mestre de Apipucos.

— E de François.

— E de Tião — Maigret gritou.

A conversa ficou mais descontraída e Maigret confessou que a música, a dança, as coreografias do Galo da Madrugada o deixaram hipnotizado.

— Subi e desci as ladeiras sem sentir cansaço.

— Já conhecia o frevo? — perguntou Ludmila.

— Em Paris, no meu aniversário, um jornalista de São Paulo, Lourenço Dantas Mota, me presenteou com um CD de Antonio Nóbrega, *Nove de Fevereiro*. É irresistível. Até a senhora Maigret ensaiou uns passos do frevo.

Ludmila não se aguentou.

— Santo Agostinho, que tinha sangue africano, não resistiria.

— É — observou La Maga –, mas depois de cair no frevo meu santo da Sorbonne faria um drama, *"mea culpa, mea culpa, mea maxima culpa"*, se jogaria ao chão, derramaria lágrimas, arrancaria os cabelos, "sou pó e cinza, Senhor, um bosta, um bosta", naquele exagero que lhe conhecemos bem.

Basílio tentou, mas não conteve o riso.

— Esse exagero é típico de suas paixões descontroladas — decretei.

Maigret puxou a bandeja para o seu lado.

— Adoro esse queijo de coalho assado.

— É sua paixão descontrolada?

Ele riu e Ludmila emendou.

— Esse temperamento exagerado de Agostinho faz dele o representante do cristianismo que Frank Kermode chama de "uma equação de amor e tortura".

— Quando o cristianismo é tortura? — perguntou La Maga.

— Quando Agostinho nos chama de *massa damnata*.

Ludmila me interrompeu.

— E quando é amor? — inquiriu La Maga.

— Quando ele diz: "Dilige et fac quod vis".

— Traduza para a *massa damnata* — ela pediu.

— Ama e faze o que quiseres.

— Por causa dessa frase — comentei — Milan Kundera diz que Agostinho põe o cristianismo de cabeça para baixo.

Ludmila entrou na conversa.

— Você sabe que essa frase é o lema da abadia de Theleme?

— Onde viu isso?

— No *Gargântua* de Rabelais.

— Rabelais leu Agostinho! — exclamou La Maga.

Os frades, que havíamos convidado para o café, iam entrando na sala, ouviram e protestaram.

— Esse é o livro mais indecente da literatura francesa.

Para aliviar o mal-estar aproveitei para pedir notícias do manuscrito.

— Começamos hoje o trabalho de recuperação — informou Basílio. A primeira fase é a limpeza, que exige tempo e cuidado. Afinal, é algo muito frágil.

-20-

Quando saímos do Le Café, fiz uma surpresa aos colegas.

— Com o Galo da Madrugada vivemos nosso momento dionisíaco, agora vamos viver nosso momento Virginia Woolf.

— O que isso quer dizer? — perguntou Ludmila.

— Que estamos indo...

La Maga completou.

— Rumo ao farol.

— O romance de Virginia Wolf?

— Não, o farol de Olinda.

— Maigret ficará feliz — disse Ludmila. — Quer conhecer tudo de Olinda.

— Maigret faz questão disso — expliquei. — Quer visitar lugares históricos, subir e descer as ladeiras, comer tapioca, provar a pinga, dançar o frevo e rezar em todos as igrejas.

La Maga levantou a mão.

— Mas não é só isso. Ele quer ler também os livros que falam de Olinda.

Basílio levantou a mão.

— É só consultar o que temos na biblioteca do mosteiro.

Ludmila acrescentou:

— Esse livro de Gabriel é uma iniciação amorosa à Olinda.

— Não só à Olinda — disse La Maga. — À literatura, aos livros, aos clássicos, à leitura, ao saber.

— E a iniciação começa por um passeio — avisei.

— Qual é a ideia por trás do passeio? — quis saber Ludmila.

— Andar pelas ruas, conhecer igrejas e monumentos, lugares históricos, lugares de festa e, ao mesmo tempo, prosear sobre *Confissões* e *O nome da rosa*.

— É a versão olindense da escola peripatética — comentou Ludmila.

— Comecemos pelo farol — disse Basílio.
— Vamos subir? — convidou Acácio.
Serafim avisou.
— Há um elevador que nos leva até o topo. De lá podemos avistar as sete colinas de Olinda.
— Sete é um número simbólico — disse La Maga.
Os outros fizeram coro:
— Os sete sacramentos — disse Serafim.
— Os sete dons do Espírito Santo — continuou Acácio.
— Ninguém mais dá bola para o Espírito Santo — disse Ludmila citando Buñuel.[20]
— Antigamente quem blasfemava assim ia direto para a fogueira — provocou Acácio.
— A fogueira resolvia os problemas sexuais de vocês — respondeu Ludmila.
— Os reverendíssimos só têm a *"libido intellectualis"* — disse La Maga rindo.
Serafim escapou pela tangente.
— Voltemos ao número sete.
— É a conta do mentiroso — lembrou Maigret.
Vieram outras lembranças.
— Os sete pecados capitais — disse Ludmila.
— Dos pecados ela não esquece — riu Maigret.
— Porque Basílio me perdoará 70 vezes 7 — respondeu Ludmila.
Basílio falou sério.
— Cuidado com as sete trombetas do Apocalipse.
O elevador chegou e todos saímos para contemplar a paisagem quando Artênio, o faroleiro, se aproximou do nosso grupo. Riu sem jeito, tímido.
— Quase todo dia subo até aqui para contemplar o pôr do sol.
Ludmila perguntou.
— Desde quando?
— Desde menino. Naquela época o faroleiro era meu pai.
— Depois você assumiu o farol?

---

[20] Em *Meu último suspiro*.

— Sim, quando o velho morreu.

— O que tem esse farol de especial para você? — quis saber La Maga.

— Ele ilumina os barcos perdidos na noite. Meu pai achava isso muito bonito.

Depois, pensativo, acrescentou:

— Às vezes penso que também ilumina a vida da gente.

Acácio passou um papel a Ludmila, pedindo que o lesse. Era uma frase de *Confissões*.

"Com o olho de minha alma, além de minha alma e da minha inteligência, vi a luz imutável."

— A luz imutável é a luz do farol? — perguntou Maigret olhando um raio de sol refletido no vidro da janela.

— É uma das metáforas agostinianas.

— Os deuses falam no sol — disse La Maga lembrando Camus.

— E na luz, como Camus também dizia — completou Ludmila.

-21-

Despedimo-nos de Artênio e seguimos em direção ao velho Seminário. A visão é deslumbrante.

— Olhando esse mar a imaginação vai longe — disse La Maga.

— Eu imagino Afrodite saindo das espumas do mar da Jônia — respondi.

— Por falar em Afrodite — acrescentou La Maga –, vou ler um poema.

> *Eu era jovem e belo, e era grego.*
> *Um dia, sentado numa pedra,*
> *enquanto comtemplava*
> *o azul do bem longe*
> *as ondas se agitaram.*
> *Era Afrodite saindo*
> *das espumas do mar da Jônia.*
> *Os cabelos ao vento, sorrindo,*
> *veio vindo,*
> *veio vindo... Acordei.*

— Quem é o bardo? — quis saber Maigret.
— Adivinhe.

Basílio lembrou que Agostinho viveu sempre perto do mar.

— Uma vez, enquanto o contemplava, ele dirigiu-se a Deus: "Tu me criastes para viver e é por isso que eu te conto a minha história".

— Ele sempre faz literatura — comentou La Maga.

Maigret aproveitou para me perguntar:

— É por isso que você vive aproximando escritores e teólogos?

— Sim, porque escritores e teólogos, disse dom Quixote, gostam das coisas "covizinhas do impossível".

Maigret acendeu o cachimbo e foi dar uma volta em torno do seminário. Fui atrás.

— O que são essas marcas? — perguntou apontando as velhas paredes.

— Não estava fugindo de perguntas?

— Aquelas perguntas eruditas cansam.

— As marcas são da guerra com os holandeses no século XVII.

— E o Seminário?

— Foi um centro de irradiação do ideário iluminista. Seus professores cultivavam as ideias de Rousseau e Montesquieu.

Entramos na igreja de Nossa Senhora das Graças.

— Estão vendo aquele púlpito? — perguntou Artênio vindo juntar-se ao nosso grupo. — Ali pregou o padre Vieira.

Com um sentimento de reverência subi a escada do púlpito. Olhei em volta, tentei imaginar Vieira, o tema do sermão, os ouvintes... e pareceu-me ouvir uma voz vinda de longe:

"E se quisesse Deus que este tão ilustre auditório saísse hoje tão desenganado da pregação, como vem enganado com o pregador!"

— Ei — uma voz me tirou do devaneio —, teve algum estalo?

Só podia ser La Maga.

— A madeira deu um rangido quando subi a escada.

Ela riu.

— O padre Vieira deixou aqui a sua marca libertária. Não foi por acaso que o primeiro grito pela República nas Américas foi dado por Bernardo Vieira de Melo, no Senado de Olinda, setenta anos antes da Revolução Francesa.

Maigret me olhou com simpatia.

— Guarda muitas lembranças de Olinda?

— Aqui fui à escola pela primeira vez, na rua do Sol. Da minha janela via as cores, as luzes, o mar, ouvia os sinos, e, juntando tudo isso, o menino inventou para si uma cosmogonia.

— Que bonito! — disse a Maga.

-22-

Maigret estava curioso.

— Você estudou aqui. Como eram as aulas?

— Perdia o fôlego com os verbos depoentes latinos, o aoristo grego, a Batracomiomaquia[21] que os matutos que éramos jamais soubemos o que podia ser. As *Catilinárias*", o *Quoque tu*, Descrições de batalhas, *Arma virumque cano*, Canto as armas e os barões assinalados, César atravessando o Rubicão, os bichos de Esopo, as vidas paralelas de Plutarco. Tudo misturado com a história sagrada, o faraó perseguindo o povo de Israel, Javé enviando pragas e mais pragas, Josué parando o sol, Elias raptado por um carro de fogo, a história de Jonas que a baleia engoliu, mas nós, os matutos, não...

— Como eram os professores? — perguntou Ludmila juntando-se a nós.

— Como os de Fellini em *Amarcord*.

— Lembra algum?

— Nosso herói era o padre Pedro Adrião, gramático exímio, autor de *Tradições Clássicas da Língua Portuguesa*. Padre Pedro era o nosso professor mais criativo e mais desorganizado. Perdia a caneta, perdia as anotações, não sabia nunca em que dia estávamos, mas em compensação era brilhante na exposição do tema da aula. As aulas eram divertidas, ele ria dos nossos erros, ria dele mesmo e ficávamos tristes quando ele não aparecia nas suas crises de bronquite. E era imbatível na missa, em vinte minutos dizia o *"Ite, Missa est"* e desabalávamos para o refeitório.

— Como era a vida no Seminário? — repetiu a pergunta.

É o vício da profissão, o comissário faz uma pergunta inesperada sobre o que já foi falado para ver se o suspeito se contradiz.

— Os que não jogavam futebol abríamos a porta do curral e as vacas expulsavam os craques. Os padres nos punham de castigo. Tínhamos de rezar a "Ladainha de Todos os Santos". Não acabava nunca.

— E a vida noturna?

---

[21] A Batracomiomaquia, a guerra entre os ratos e as rãs, é uma paródia da *Ilíada*, de Homero. Não se conhece com exatidão o seu autor.

— Escondíamos as batinas no mato e íamos ver as moças na praça do Carmo. Na volta roubávamos queijo no refeitório dos padres, dizíamos aos calouros que o seminário era mal-assombrado. À meia-noite fazíamos o sino dar várias badaladas, puxando-o por um fio quase invisível. Parecia que ele tocava sozinho, movido por alguma alma penada.

— Algum pecado?

Olhei para trás. Só faltava essa, Serafim resolveu me confessar.

— Apenas venial, padre. O menino magrinho, meio triste, deu de rondar o Colégio Santa Gertrudes na esperança de encontrar as alunas.

— Encontrou?

Os confessores são indiscretos mesmo. Contaria tudo?

— Tá vendo aquela janela lá no alto, ali era o quarto de hóspedes, conhecido como o quarto do bispo, porque em geral os visitantes eram bispos de passagem pelo Seminário. Uma vez, nas férias, como tinha de esperar que o pai viesse me buscar, resolvi ficar hospedado ali. Quando saí do banho, olhei pela janela, lá embaixo passavam as meninas do Santa Gertrudes guiadas pelas freiras. Iam para alguma reza, ou algum chá, talvez um recital de piano. Não sei o que me deu, nu como estava, fiquei de pé em cima da janela acenando para elas.

Maigret não se conteve.

— Mas isso é picaresco demais. Aposto que copiou a cena do Lazarillo de Tormes.

La Maga riu e perguntou.

— Foi expulso?

— Não. O Seminário fica muito no alto, ninguém viu, se viu fez que não viu, as freiras não reclamaram. Mas o menino caiu ajoelhado no chão, aterrorizado com o pecado e o medo de ser expulso. Ainda mais que um colega, gozador, me disse:

— Muitos padres estão ficando nus nas janelas desses conventos.

— Como?

— Eles pensam: "se o bispo pode, por que eu não?"

Maigret riu, irônico.

— Com uma cena dessa, o rascunho do livro melhorou muito, não é, La Maga?

— Ficou melhor do que o *striptease* de Ludmila.

-23-

Estávamos deixando o Seminário quando Maigret me surpreendeu com uma pergunta.

— E as Musas?

— Alceu Valença pensa que é só ele, mas eu também lembro de uma moça bonita na praia de Boa Viagem.

La Maga cantarolou:

> *Eu lembro da moça bonita*
> *Da praia de Boa Viagem*
> *E a moça no meio da tarde*
> *De um domingo azul*
> *Azul era Belle de Jour...*

— Pergunto pelas literárias — insistiu Maigret.

— Ah! Meu convívio com essas começou quando elas apareceram a Hesíodo na *Teogonia* e disseram "Sabemos proferir enganos, mas também sabemos anunciar a verdade". Nunca mais esqueci essa definição arcaica da literatura, melhor que a de Aristóteles. Admirei Antígona, amava Penélope e a deusa Atena.

— E depois da Grécia?

— Florença.

— Já sei: Beatriz.

— Sim, ela inventou uma nova cosmologia na qual o amor move o sol e as outras estrelas.

— E depois?

— São tantas. Ana Karenina, Diadorim, Juana Inés de la Cruz, aquela menina de Fahrenheit 451, Madame Bovary... Catherine Deneuve, a bela da tarde no filme de Buñuel...

— Personagens masculinos também deixaram marcas em você?

— Odisseu, Dom Quixote, Hamlet, o Rei Lear, o Dr. Rieux, de *A Peste*, de Camus, Riobaldo...

La Maga continuou cantarolando.

Eu lembro da moça bonita...
Da praia de Boa Viagem...
E a moça no meio da tarde
De um domingo azul
Azul era Belle de Jour...

-24-

Do velho seminário seguimos para a catedral da Sé. No caminho Maigret, Ludmila e La Maga paravam procurando objetos do artesanato olindense. La Maga de olho nas bolsas, Ludmila procurando biquínis, Maigret atrás de um cachimbo para substituir o que perdeu acompanhando o Galo da Madrugada. Em frente à Sé, a paisagem suspende a respiração.

— O que está vendo?

La Maga deu uma resposta de cinema.

— O segredo dessa luz. Só um fotógrafo como o dos filmes de Antonioni poderia nos contar esse segredo.

— O fotógrafo de Antonioni revelava coisas que não se podia ver a olho nu. Lembra do filme *Blow Up*?

— A cena em que os personagens jogam tênis com uma bola invisível?

— Deslumbrante.

— A paisagem ou a cena do filme?

— A luz de Olinda.

Maigret começou a assobiar uma canção de Françoise Hardy. *"Beaucoup de mes amis sont venus de nuages."*[22]

La Maga fez coro com ele: *"Avec soleil et pluie comme simples bagages"*.[23]

Entramos na catedral. Ficamos uns minutos em silêncio diante da lápide de dom Hélder Câmara.

---

[22] Muitos dos meus amigos vieram das nuvens.
[23] Tendo o sol e a chuva como bagagem.

-25-

Em frente ao antigo Palácio do Bispo, onde hoje funciona o Museu de Arte Sacra na rua Bispo Coutinho, é aqui que se reúnem as tapioqueiras de Olinda. Maigret caminha por entre as barracas tentando conversar com elas, que não entendem o seu português arrevesado. Todas falam ao mesmo tempo, cada uma exaltando as qualidades do seu produto. Maigret ia pondo uma tapioca na boca quando foi surpreendido pelos repentistas que o cercaram e começaram a improvisar.

Esse monsieur grandão...

Viram La Maga, mudaram o improviso.

Essa loirinha de longe
Com a beleza só dela
É das musas a mais bela
Quem não se encanta por ela?

Maigret e La Maga se livraram dos violeiros quando Marcel Morin, cônsul francês no Recife, chegou na companhia de Ascenso Ferreira. Os dois conversaram longamente e no fim, lembrando o próprio Ascenso, pelo tamanho e pelo chapéu, as coisas se inverteram e Maigret começou a recitar para os violeiros.

Hora de comer — comer!
Hora de dormir — dormir!
Hora de vadiar — vadiar!
Hora de trabalhar?
— Pernas pro ar que ninguém é de ferro!

Andamos um pouco mais e estamos agora sentados na calçada da igreja da Misericórdia contemplando a paisagem e ouvindo o cantochão entoado pelas freiras:

Kyrie eleison, Christe eleison, Kyrie eleison...

Você me contou que já esteve aqui nessa igreja da Misericórdia, sentou-se nessa calçada, ouviu o coral das freiras entoando os salmos e ouviu o vento fazendo contraponto na folhagem dos coqueiros. Mas garanto que não ouviu o que estou ouvindo agora, La Maga cantando Luiz Gonzaga na melodia gregoriana.

Óia *a paia do coqueiro quando o vento dá,*
Óia o tombo da jangada nas ondas do mar.

Assim que La Maga parou de cantar, um menino aproximou-se, sentou-se timidamente ao nosso lado.

— Eu também faço música — disse.

Olinda é assim. As pessoas são espontâneas, interagem, se agrupam.

— Que tipo de música? — perguntou ela.

— Um arranjo juntando o canto gregoriano com o frevo.

— Qual frevo?

— O "Vassourinha".

— "Vassourinha"? — perguntou Maigret.

— É o hino do carnaval pernambucano. Quando toca ninguém consegue ficar parado — disse o menino.

— Foi composto para o carnaval desse ano? — quis saber La Maga.

— Não — disse ele —, foi composto em 1909 por uma mulher negra, Joana Batista Ramos, e o maestro Matias da Rocha.

— Como é o arranjo que você fez? — perguntou La Maga.

Desinibido, o menino encaixou a letra do frevo Vassourinha: "Se essa rua fosse minha" no gregoriano do *Tantum Ergo* de São Tomás: "*Tantum ergo sacramentum...*"

— Que menino atrevido — ouviu-se a voz de Basílio.

Depois aproximou-se dele.

— Quer estudar o gregoriano no mosteiro?

— Não. Quase fui expulso do Colégio Marista por causa dessa música.

— Como você se chama?

— Fernando Portela.

E saiu correndo ladeira abaixo.

Ficamos olhando um para o outro, paralisados pela surpresa.

— De onde saiu esse menino? — perguntou Maigret.

— Quem sabe, Olinda é assim, comissário.

E ele.

— Foi a tarde mais gostosa da semana.

Entramos na igreja, as freiras rezavam.

— O que estão rezando?

Basílio explicou que elas rezavam o Ofício de Vésperas, que vem de Vesper, a estrela que começa a brilhar quando o dia vai findando e a noite começa a cair.

— O Ofício — disse ele — repete um versículo do Evangelho de Lucas: "Fica conosco, Senhor, pois a tarde cai e o dia já declina".

— Que poético — exclamou Ludmila.

La Maga voltou-se em minha direção e retomou um velho tema que nos intriga.

— Por que Agostinho escreve *Confissões*?

— Por que Proust escreve a *Recherche*? — devolvi.

— Para encontrar Albertine — ela disse.

— Agostinho escreve para esconder alguma coisa — acrescentou Ludmila.

— O quê? — perguntou Basílio.

— Os seus pecados — o comissário atravessou a conversa.

— Mas se é isso que ele está confessando! — retrucou Basílio.

— A questão — interveio Ludmila — é saber se ele diz a verdade quando se confessa.

Entrei na conversa e embaralhei as coisas.

— Gente, estamos na época da pós-verdade e o que importa é que a mentira dele tem criatividade literária.

— Ele mente com arte — resumiu La Maga. — É a fórmula de Oscar Wilde para a literatura.

No coro as freiras continuam cantando: *"Hodie scietis quia veniet Dominus et salvavit nos"*.

— Estudou latim, Maigret?
— No colégio, como todo mundo.
— Então já sabe que está salvo.
— O canto das freiras diz isso?
— Diz: Hoje sabereis que o Senhor veio e nos salvou.

Ludmila foi rápida.

— Pensei que dizia: Hoje sabereis onde está o livro de Agostinho.

-26-

Faz tempo que Maigret fala em conhecer um barzinho na Rua do Amparo.

— É só descer a ladeira da Misericórdia e vocês chegam lá — disse o guia.

— Vamos — animou Maigret.

Ludmila encontrou uma amiga e foi ver uma exposição do Barroco, Basílio foi ao mosteiro acompanhar o trabalho de limpeza do manuscrito. Fiquei no bar com La Maga e Maigret. Estávamos cansados, com sede e com fome. Quando o garçom veio nos atender, Maigret pediu.

— Pra mim uma cerveja no maior copo que vocês tiverem.

Também pedimos cerveja, sanduíche de queijo do reino e salame. A conversa rola livre e solta, Maigret mostrando curiosidade e querendo conhecer a história de Olinda. No terceiro chope, Ludmila voltou de sua exposição, esbaforida, mas eufórica, carregando quadros, desenhos, retratos, cerâmicas...

— Vocês não sabem o que perderam. Olinda tem a maior aglomeração de artistas por metro quadrado do Brasil. Um deles me disse que em Olinda vive-se simultaneamente no presente e no passado. Aqui até os ateus são religiosos. Leu trechos de uma crônica de Gilberto Freyre, que trouxe da exposição, explicando o porquê da religiosidade sentimental dos olindenses.

Maigret pediu mais cerveja e sanduíches. Basílio chegou do mosteiro trazendo novidades sobre os manuscritos.

— A limpeza foi concluída. Já começamos o trabalho de recuperação dos manuscritos.

Maigret ficou eufórico.

— Essa notícia merece mais alguns copos.

— De metonímia? — perguntou Basílio.

— O que é isso?

— Uma bebida grega.

— Não, vou beber cerveja mesmo.

O sol começa a se pôr no horizonte e a lua se ergue lentamente.

— O sol de Olinda tem uma receita própria para o entardecer — disse La Maga.

Emendei:

Receita para o entardecer:
Misturar todas as cores
Como se misturam os amores
E só pensar em você.

O olhar de La Maga me entregou.

— Epa! — gritou Ludmila. — Peguei Gabriel em flagrante delito de poesia ruim.

Fui salvo pelos sinos de Olinda. Era a hora do Angelus e todos começaram a badalar ao mesmo tempo. Uns alegres, outros tristes, uns zangados, carrancudos, outros calmos, brincalhões, quase doces, sem falar nos melancólicos e nos saudosos. Esse que chegou agora é triste como um violino de Tchaikowski.

— Um tango de Piazzolla — corrigiu La Maga.

Maigret lembrou-se de um sino em Notre-Dame.

— Há tempos fiz uma visita à catedral. O padre que me atendeu conhecia os sinos não pelo temperamento, mas pelos seus nomes. O mais velho chama-se Emmanuel.

Cortei Maigret.

— Suponho que algum se chame Victor Hugo em homenagem ao autor do romance que tornou a catedral tão conhecida.

— Não sei — disse Maigret —, mas quando retornar a Paris darei seu recado aos padres.

— O que foi fazer em Notre-Dame, comissário? — perguntou Ludmila.

— Investigar uma informação segundo a qual Quasímodo deixara manuscritos medievais escondidos num desvão da torre.

— Encontrou algum?

— Manuscrito medieval não havia nenhum. Encontrei a biografia de Victor Hugo que ele deixou inacabada.

— Mas isso é uma grande notícia. O personagem escrevendo a biografia de seu criador! Posso convocar a imprensa?

Nesse momento todos os sinos de Olinda começaram a badalar ao mesmo tempo, como se houvessem combinado.

— Mas por que ou por quem dobram esses sinos de Olinda? — perguntou Ludmila.

— Porque é a hora do Angelus — disse Basílio fazendo o sinal da cruz.

— O poeta John Donne diz que eles dobram por nós — respondi.

Maigret lançou o olhar para o crepúsculo.

— Vocês não largam nunca essa maldita metafísica.

Ludmila apontou um grupo de rapazes e moças ao lado.

— Está vendo esses aí? São jovens demais para terem lido Aristóteles ou Platão, ou Kant, sei lá, mas por que não largam os celulares? Porque estão em busca de alguma coisa. Tudo tem seu sentido metafísico, Maigret, a começar pelo seu cachimbo.

— Tudo?

— O olhar de Charlotte Rampling, o Galo da Madrugada, o frevo, o chope, o canto das freiras, a voz do vento nos coqueiros, a luz de Olinda, as musas, o menino nu na janela do seminário, os violeiros, a *Belle de jour*, a tapioca, os celulares, o amor e esses sinos e suas lembranças.

Maigret soltou uma baforada do cachimbo.

— Agora entendo por que entrei nessa investigação maluca.

-27-

Havíamos combinado nos encontrar cedo na biblioteca para começar a investigação com a leitura de *Confissões*. Maigret e eu fomos os primeiros a chegar e ainda estávamos consultando as anotações do dia anterior, quando ele fez um gesto em direção à porta.

— Elas chegaram.

Nem precisava, o rumor das saias já as havia anunciado.

— Bom dia — disseram as duas fazendo mesuras como bailarinas no palco.

Puseram os cadernos de notas sobre a mesa e Ludmila foi logo perguntando a Basílio:

— Já sabemos quais os autores dos manuscritos encontrados no mosteiro?

— Por enquanto só podemos especular.

— Ou imaginar — disse La Maga sentando-se ao meu lado.

— Se é um manuscrito da Idade Média — disse Ludmila —, o autor deve ser algum monge.

Maigret foi cortante.

— Resposta óbvia demais para ser verdadeira.

Concordei com ele. Desde a investigação que fez em *Morte na Alta Sociedade*, Maigret sabe que os motivos óbvios nem sempre são os mais importantes.

Ludmila interferiu.

— Então qual a resposta menos óbvia?

— Pode ser um texto herético — sugeri.

— Ou erótico — completou Ludmila. — De uma beguina como Margueritte Porete.

— Ela deixou algo escrito? — quis saber Maigret.

— Um livro chamado *O espelho das almas simples e aniquiladas*. Ela foi condenada e queimada junto com o seu livro.

— Aposto que La Maga vai querer procurá-lo.

— Se for um livro erótico é bem possível — disse Ludmila.

— Como uma alma aniquilada pode ser erótica? — ironizou La Maga.

Basílio tentou explicar.

— As beguinas usavam uma linguagem rica em elementos eróticos e isso era o suficiente para serem perseguidas.

— Bem, parece que o misticismo é erótico! — exclamou Maigret.

La Maga riu.

— Em *Rayuela* se diz que a verdadeira crença está entre a superstição e a libertinagem — acrescentou.

Basílio fez cara de quem não gostou. Ouviu-se a voz de Ludmila provocando.

— O que dizer dos arroubos de Teresa d'Ávila?

Mostrou um exemplar de *O castelo interior*.

— Conhecem a interpretação que Lacan fez de um de seus êxtases?

— Nem fale nisso, Basílio vai ter um ataque de nervos — riu La Maga.

Basílio e seus colegas estavam incomodados com o rumo que a conversa ia tomando. Acácio interferiu:

— Chega de divagação, Ludmila. Não vamos fugir do nosso problema: identificar o autor dos manuscritos achados no mosteiro.

— Pelo visto você acha que o autor é um monge.

Acácio sorriu para Maigret.

— Às vezes a suposição mais óbvia é a mais verdadeira.

Maigret fez uma careta.

— Enquanto não recuperarmos os manuscritos é inútil ficar especulando sobre o autor ou o conteúdo do manuscrito — conciliei.

— De qualquer modo poderemos levantar uma pista se procurarmos as razões pelas quais as pessoas escrevem — sugeriu Ludmila.

— Não estamos atrás de um escritor, mas de um ladrão. Acho mais interessante perguntar por que as pessoas roubam o que as outras escrevem — disse Maigret.

— Escrever vem primeiro, roubar vem depois — riu La Maga.

Ludmila foi sarcástica.

— Escrever e roubar é a mesma coisa. Gabriel rouba de Cortázar, de Umberto Eco, de Simenon... e assim vai escrevendo o livro que você pediu.

— Todos os escritores fazem isso — observou La Maga em minha defesa.

— O importante é saber para que escrevem — reagiu Basílio.

— Ernesto Sábato diz que é para ter acesso ao absoluto.

— Como? — perguntou Ludmila.

— Sei lá. Usando a sétima função da linguagem, a função mágica e encantatória de que falou Jakobson.

— Meu Deus, vocês lembram cada coisa! Leram *Quem matou Roland Barthes*, o romance de Laurent Binet? — perguntou Ludmila.

— Qual é o enredo?

— Roland Barthes foi atropelado, mas se descobriu depois que não foi um acidente, foi um crime.

— Como?

— Alguém suspeitou que Barthes tinha em seu poder o segredo guardado por Jakobson e quis roubá-lo.

— Que segredo? — perguntou Basílio.

— O segredo da função mágica da linguagem.

— Quem quis roubar esse documento?

— Até hoje nada se sabe ao certo, há apenas suspeitos. Foucault, Derrida, Althusser, Lacan, Kristeva, Deleuze, Umberto Eco...

Pensei alto:

— Quem sabe se o desaparecimento do manuscrito de Agostinho não foi um crime semelhante? Não podemos esquecer que Agostinho, como linguista, elaborou no *De Magistro* uma teoria dos sinais. Queria provar a presença de uma realidade divina em nosso falar e em nosso pensar.

— La Maga reagiu.

— É a mesma coisa que a função mágica da linguagem. Agostinho foi um precursor de Jakobson.

— Ou o contrário — observou Maigret.

— O certo é que, na época, alguém poderia querer se apossar do manuscrito de Agostinho em busca desse segredo.

Maigret perguntou:

— Alguém sabe se Agostinho sofreu alguma ameaça?

— Sim — respondeu Ludmila —, consta que uma vez ele mudou de caminho para escapar de uma armadilha.

— De onde partiu essa ameaça?

— Há duas respostas: dos maniqueus ou da hierarquia católica.

— É o que eu suspeitava — disse Maigret.

-28-

As duas ficaram tão assustadas com a aproximação entre Agostinho e Barthes que desapareceram de minha vista e se embrenharam por entre as estantes da biblioteca em busca de pistas. Depois de algum tempo tive de procurá-las.

— Onde estão vocês?

— Na Patrologia, atrás de você — disse Ludmila rindo.

Maigret quis saber o que era a Patrologia.

— São os escritos dos chamados pais fundadores da Igreja.

Voltei-me e vi La Maga apontando o dedo na direção dos livros.

— Lá estão eles, por ordem alfabética.

— Vamos ler todos esses? — perguntou Maigret, rindo.

Basílio ameaçou ministrar um minicurso de Patrologia. Deu um pigarro e começou:

— Como diz Eusébio de Cesareia nos dez volumes de sua monumental *História Eclesiástica*...

Maigret nos salvou.

— Perdoe, reverendo, não estamos numa sala de aula.

Elas quase se perderam no meio dos livros.

— Tertuliano — gritou La Maga.

— Orígenes — respondeu a outra.

— Cuidado, esse é completamente doido — disse Ludmila.

— Por quê?

— Um cara que se castra por causa de um versículo de Mateus...

— Minha Nossa! Que versículo é esse?

— É o versículo 12 do capítulo 19.

— O que diz?

— Que há eunucos que nasceram assim, outros foram feitos pelos homens e finalmente outros se fizeram eunucos por causa do Reino dos Céus. A frase final do versículo diz: "Quem for capaz de compreender, compreenda."

Ludmila virou-se para Maigret.

— Compreendeu isso?

Maigret deu de ombros. Basílio estava constrangido.

Elas continuaram percorrendo as estantes e lendo alto.

— Os capadócios.

Lá estavam Basílio de Cesareia, Gregório Nazianzeno, Gregório de Nissa. Mais adiante:

— Clemente de Alexandria.

— Jerônimo

— Ambrósio.

Até que pararam diante de um exemplar da Belles Lettres.

— *Confessions!* — gritaram ao mesmo tempo.

La Maga arrancou o exemplar da estante.

— É por onde vamos começar a investigação. *Tolle et lege*[24] — e deixou o livro cair em minhas mãos.

Voltei-me para Maigret.

— Na investigação que acontece em *O nome da rosa*, Guilherme e Adso movem-se de dia e de noite na abadia. Espreitam e interrogam os monges, vigiam e seguem seus passos. No nosso caso, como vamos vigiar, espreitar, seguir e interrogar os suspeitos se estão todos mortos?

Maigret apontou para os exemplares de *Confissões* e *O Nome da Rosa* em minhas mãos.

— Procurando rastros nos textos. O que dizem ou deixam de dizer, contradições, insinuações, reticências, elipses...

---

[24] "Toma e lê".

-29-

Sentamo-nos em volta de uma grande mesa bem no centro da biblioteca. Maigret voltou-se para mim.

— Pensei que hoje fôssemos ver as sereias de Boa Viagem.

— Vamos procurar as zonas erógenas do texto, como se ele fosse uma sereia — respondi.

— Já sei — completou La Maga —, "lá onde o texto se entreabre", como a saia das mulheres.

Peguei o exemplar de *Confissões* que La Maga havia posto em minhas mãos.

— Vamos começar pelo Livro IV, na passagem na qual Agostinho se refere ao desaparecimento do seu livro. Primeiro o original em latim:

Et scripsi libros "De pulchro et apto", puto, duos aut tres; tu scis, deus: nam excidit mihi. Non enim habemus eos, sed aberrauerunt a nobis nescio quomodo.

Ludmila, como sempre, irreverente.

— Nosso Umberto Eco enche o texto de latim, mas é sempre bom dar a tradução.

Serafim traduziu.

Escrevi alguns livros,[25] De pulchro et apto (Sobre o belo e o conveniente), acho que dois ou três. Tu sabes, meu Deus, por que os esqueci e não mais os tenho. Desapareceram, não sei como.

— Esse é o ponto de partida da nossa investigação — avisei.

— Onde o texto se entreabre — completou Ludmila.

La Maga tomou a palavra.

— Antes de tudo, que tipo de livro é *Confissões*?

— Do ponto de vista literário é uma obra-prima — provoquei.

— Qual o critério para dizer isso? — perguntou Maigret.

---

[25] Na verdade ele escreveu um livro só dividido em duas ou três partes, que hoje chamamos de capítulos.

— O de Harold Bloom. *Confissões* tem esplendor estético, força intelectual e sapiência. Mas não é só isso. Há 1600 anos esse livro é lido como romance e como filosofia ou teologia. Como romance tem densidade poética, originalidade na escrita e inaugura o gênero autobiográfico. Ao mesmo tempo ele elabora um jeito novo de fazer filosofia. Em vez de conceitos abstratos ou dedução, trabalha com a observação dos movimentos psicológicos e é o primeiro grande mergulho na interioridade humana. E é um livro de extraordinária beleza. Do ponto de vista literário e também espiritual, há cenas que beiram o sublime. Petrarca que o diga: "Todas as vezes que li tuas *Confissões* me comovi até as lágrimas".

— Gosto das cenas que há no livro — disse La Maga.

— São tantas. O encontro com o bêbado de Milão, o momento da conversão, o momento em que narra a morte do filho Adeodato, ainda adolescente, a despedida da amante, a conversa com a mãe que vai morrer, o encontro com o pensamento de Platão, "um incêndio indescritível" como ele diz em carta a um amigo.

— Então está aberta a temporada de caça em *Confissões*. Vamos ver o que podemos extrair dessa leitura — disse o comissário.

Ludmila é a primeira a falar.

— A primeira coisa que observo no texto é que Agostinho fala como se soubesse de alguma coisa que não pode ou não quer revelar.

Maigret balançou a cabeça aprovando. Ela continuou.

— Essa passagem de *Confissões* é enigmática: "Tu sabes, meu Deus, por que os esqueci e não mais os tenho".

Se ele escrevesse: "Tu sabes, meu Deus, que os esqueci" seria uma coisa, mas "por que os esqueci" é diferente. Uma razão que não pode revelar? Teria sido obrigado a "esquecer" os livros? Quem o obrigou?

La Maga prolongou a observação da colega.

— Na frase seguinte ele substitui o verbo "esquecer" por "Desapareceram-me". Parece que foi compelido a esquecer os livros que escreveu.

Voltei-me para ela:

— Lembra-se de quando lemos o *Lector in fabula*, de Umberto Eco? O texto quer que alguém o ajude a funcionar. É isso que ele espera de nosso trabalho interpretativo.

— No raciocínio de Umberto Eco — completou Ludmila — o safado do texto quer roubar a mais-valia do sentido que o leitor constrói.

— O que me intriga — La Maga pegou a palavra — é o tom de queixa que Agostinho põe na sua frase. Não sei se ele dramatiza, se procura o efeito literário.

— Você tem razão — interveio Ludmila. — Quando Agostinho escreve "Desapareceram-me, não sei como", temos a impressão de que ele suspeita de alguém. Notem que ele não diz: "Eu perdi, não sei como". Diz: "Desapareceram-me".

— A questão é que livros não desaparecem sozinhos — disse Maigret.

— Até que enfim aparece um sujeito nessa história — exclamou Basílio.

— Mas é um sujeito oculto — respondeu Ludmila.

— Como descobri-lo? — La Maga perguntou.

— Temos duas opções: um gramático ou um policial.

— Se precisarem de um gramático, eu sugiro o professor Ernani Terra. Com ele, nenhum sujeito oculto consegue escapar.

— Mas esse sujeito oculto pode ser um bandido perigoso — disse La Maga. — É melhor então deixar Ernani saboreando os seus cannoli e colocar Maigret no encalço do sujeito oculto.

Ludmila estava impaciente.

— Temos de descobrir o ladrão do manuscrito. Quem pode ser? — perguntou dirigindo-se a Maigret.

— No início de uma investigação nem Deus escapa — respondeu o comissário rindo.

— Então Deus é o primeiro suspeito? — ela retrucou.

-30-

Ficou aquele silêncio. Depois de um instante, ninguém querendo se arriscar, arrisquei.

— O primeiro suspeito é Adeodato.

La Maga reagiu como uma mãe.

— O filho de Agostinho? Não pode ser! Ele não tem cara de criminoso.

Maigret saiu em minha defesa.

— Gabriel não é Lombroso, não disse que Adeodato tem cara de criminoso, mas que é suspeito.

— Por que Adeodato é suspeito?

Voltei-me para ela.

— Tenho filhos adolescentes. Já aconteceu de pegarem um livro meu para mostrar aos amigos e esquecerem de trazê-lo de volta. Foi assim que perdi um dos volumes do teatro de Molière.

— Vou lhe dar todo o Molière se tiver provas contra Adeodato — disse ela.

Maigret riu.

Se houvesse prova ele não seria suspeito.

— Portanto, tiramos Adeodato da lista — disse ela.

— E eu fico sem o meu Molière.

— A questão fica em aberto.

— Quem é o segundo na lista? — perguntou Ludmila.

— A cartaginesa.

— A mãe de Adeodato?

— Ela mesma.

Ludmila protestou.

— O "*Cherchez la femme*" não demora a aparecer.

— Culpa do velho Dumas. Em *Les Mohicans de Paris* ele diz que há sempre uma mulher metida nas encrencas.

Ludmila voltou-se para Basílio.

— Por que Adão foi expulso do Paraíso?

Basílio começou uma digressão sobre maçã, o conhecimento, sei mais o quê, mas ela o interrompeu.

— Adão foi expulso porque era um bunda mole. O velho Dumas era outro e todo bunda mole põe a culpa na mulher.

La Maga virou-se para Maigret.

— Por que desconfia da cartaginesa?

Maigret deu de ombros.

— Porque conheço as mulheres. A cartaginesa viveu dez anos com Agostinho, é a mãe de seu único filho. É despachada de volta para Cartago sem levar Adeodato com ela. Pode ter levado o manuscrito.

— Recordação de um grande amor? — perguntou La Maga.

Ele sorriu.

— Ao longo de minha carreira aprendi que, nesses casos, não é só o amor que conta, é também o orgulho ferido.

— Uma vingança, então? — La Maga insistiu.

— Um acesso de fúria. Conhecendo a vaidade de Agostinho e o valor que dava ao livro, ela pode simplesmente tê-lo jogado no lixo, rasgado, queimado, destruído. Era uma forma de ferir o autor.

Basílio ia dizer qualquer coisa quando Maigret o interrompeu.

— Em todo caso, pelos documentos que temos não há provas contra ela.

— Mais um caso duvidoso — rematou La Maga.

— Quem mais é suspeito? — perguntou Ludmila.

— Pode-se procurar entre os amigos e alunos de Agostinho.

— Por que entre eles? — perguntou La Maga.

— Porque entre eles devia haver alguém como você, com o mesmo tipo de concupiscência *legendi*[26] — respondeu Ludmila.

La Maga fez cara de ofendida, voltou-se para ela.

— Como diz Etienne em *Rayuela*, o escorpião sempre crava o seu ferrão.

Basílio entrou na conversa no melhor estilo dos clérigos.

— Nesse quesito de livros ninguém pode atirar a primeira pedra.

La Maga foi cruel com o beneditino.

— Tu quoque?

---

[26] Desejo forte de ler.

-31-

Acácio mudou de assunto.
— Como eram os amigos e alunos de Agostinho?
La Maga, que andara pesquisando sobre eles, respondeu:
— Eram estudiosos, um deles se vangloriava de saber Virgílio de cor. Outro escrevia a Agostinho em versos para pedir cópias de seus livros.
— É verdade que entre eles havia um espião da polícia secreta romana? — perguntou Ludmila.
— O quê? Espião? — Basílio parecia assustado.
— Vamos chamá-lo de Agente X — disse Maigret.
— O que fazia o Agente X? — quis saber Ludmila.
— Investigava uma rede de traficantes de livros.
Maigret observava uma mosca que voava em torno dele. Virou-se para mim.
— Já sei o que está pensando e já perguntei ao inspetor Lucas se ainda resta alguma coisa dos arquivos da polícia secreta romana. Quero saber se há algum registro sobre esse agente ou se ele próprio deixou alguma pista.
— As quadrilhas não costumam deixar provas — disse Ludmila.
Maigret meneou a cabeça.
— Alguma coisa sempre escapa. Vamos aguardar notícias de Lucas. E enquanto elas não chegam, quero notícias de três suspeitos: Hiério, Mânlio Teodoro e o editor dos livros de Agostinho.
— Quem é esse Hiério?
— Um crítico literário ao qual Agostinho dedicou o seu livro.
— Tem provas disso?
— Está em *Confissões*. "*Quid est autem, quod me mouit, dimine meus, ut ad Hierium, Romanae urbis oratorem, scriberem illos libros?*"[27]
— Críticos literários são sempre suspeitos.
— Qual a suspeita?
— Ele recebeu o livro e, a partir daí, o livro sumiu.

---

[27] O que será, meu Deus, que me levou a dedicar o manuscrito a Hiério, famoso orador romano?

— O que deixa você intrigado com Hiério? — perguntou Acácio a Maigret.

— Agostinho envia o livro a Hiério. O que ele fez com o livro? É isso que interessa saber.

— E em relação a Mânlio Teodoro? — perguntou Ludmila.

— Esse me intriga mais — disse Maigret. — Agostinho escreveu o *De beata vita* (Sobre a vida feliz) e o dedicou a Mânlio Teodoro, a quem se derrama em elogios, chamando-o entre outras coisas de "magnânimo e ilustre". Mas em *Rectrataciones*, que escreve no fim da vida para fazer um balanço de sua obra, ele diz que se arrepende dos elogios e de haver dedicado o livro a Mânlio Teodoro.

— O que pode ter havido?

— É o que eu queria saber.

— E no caso do editor?

— O padre Firmo? Só sabemos que Agostinho não confiava nele.

— As boas e velhas intrigas eclesiásticas — filosofou Ludmila.

— Em algum momento você participou de uma investigação com elementos tão impalpáveis como essa? — perguntou Acácio.

Maigret sorriu.

— Aconteceu algumas vezes, participei de investigações que davam nos nervos.

Basílio quebrou o silêncio dirigindo-se a Maigret.

— O que se faz quando isso acontece?

— Palpitologia. Trocamos palpites. Sem eles não se faz investigação nem ciência.

— Há um lugar excelente para a ciência palpitológica — disse Ludmila.

— Já sei, Le Café.

Basílio, Serafim e Acácio foram trabalhar nos manuscritos e seguimos outra vez para o Le Café. Tião nos esperava com um provérbio e um cardápio tentador.

— "Não há feijão sem toicinho nem sermão sem santo Agostinho".

La Maga riu e Tião foi logo se explicando.

— Li no *Dom Quixote*.

— Deixe de conversa, Tião, qual é o cardápio de hoje?

Enquanto Maigret e Tião discutiam o cardápio, liguei para Basílio ansioso por notícias do manuscrito.

— Já temos alguma novidade?

— Espere até amanhã.

Melhor notícia do que essa só os pratos que o garçom está trazendo: carne de sol com queijo assado, mandioca, cerveja gelada, além do feijão com toucinho e batatas fritas.

Maigret estava animado. Ergueu sua caneca.

— À saúde de São Bento. E agora, uma vez que eles não estão aqui, comer como os frades — disse, rindo.

Tião o serviu.

— Isso aqui bota qualquer *cassoulet* no bolso.

Pensei em comunicar a notícia do manuscrito, mas achei melhor deixar para depois. Com aqueles pratos na mesa, quem iria querer saber do manuscrito?

-32-

Mais tarde, de volta à biblioteca, Ludmila retomou a conversa sobre os suspeitos.

— Quais os próximos?

— As autoridades eclesiásticas.

— Que razões elas teriam para sumir com o livro?

— Divergências doutrinárias. A Igreja é rigorosa quanto a isso. Desvio doutrinário é algo sem perdão.

— São Tomás foi parar na Inquisição por isso.

— E o padre Vieira?

— Não me conformo é com a perseguição às mulheres — disse La Maga.

— Joana d'Arc?

— E a bela Juana?

— Quem é?

— Uma freira, Juana Inés de la Cruz, a grande poeta mexicana do século XVII.

— A que mereceu um belo livro de Octavio Paz?

— Sim.

— Uma de suas musas?

— Ela mesma.

Maigret cortou a digressão.

— Estávamos falando das divergências doutrinárias de Agostinho.

O tempo mudou, chuvinha fina, o vento frio vindo do mar. Serafim trouxe biscoitos, um bule de chá e preparamo-nos para continuar nossas conversas. Acácio e Serafim juntaram-se a nós e isso prometia uma conversa mais animada.

Maigret virou-se para Ludmila.

— Vamos às brigas doutrinárias. Em que Agostinho incomodou as autoridades eclesiásticas?

— Em muitas questões, mas vou me fixar em três pontos: a questão do riso, a questão da linguagem, a questão das heresias.

— Comecemos pelo riso — sugeriu Basílio.

— Deve ser a questão mais engraçada — disse Ludmila.

— A engraçadinha aqui é você — respondeu ele meio emburrado.

— Bem — quis saber La Maga –, o que pensam os Padres do riso?

— O pior possível.

— Mas em que se baseiam, na *Bíblia*?

— De jeito nenhum — esclareceu Acácio — a *Bíblia* tem humor. Georges Minois percebeu isso quando viu que o livro de Jó apresenta o hipopótamo como uma das maravilhas de Deus. "Isso é cômico" — diz Minois.[28]

— Agostinho segue a tradição desses Padres?

— Não, ele vem da tradição virgiliana. Veja só essa frase: "*Incipe, parve puer, risu cognoscere matrem*".

— Traduza — pediu La Maga.

— "É pelo sorriso que o bebê começa a conhecer sua mãe".

— Que beleza — exclamou La Maga.

Ludmila explicou:

— Agostinho entende que o riso é indispensável no processo educativo. Em *Confissões* ele ri dos homens da Igreja, ri dos santos e dos profetas, os fiéis riem dele e mesmo Deus, que segundo os Padres não ri, ri de Agostinho. E, supremo atrevimento, Agostinho o censura. *Et tu ridebas!* (E tu te rias de mim!).

— E a questão da linguagem? — perguntou Maigret.

— É outro ponto de divergência. A linguagem — diz ele — é um sistema de *ignotis aut ambiguis signis*, ou seja, sinais com sentidos ambíguos ou desconhecidos. Os sinais são metafóricos, têm significados múltiplos e é impossível determinar sua intenção original. Assim, novas exegeses podem extrair significados novos para além das intenções originais do autor.

Entrei na conversa.

— Já pensaram nas implicações disso para a interpretação bíblica? Já pensaram como isso foi recebido pelos que detinham o monopólio da leitura correta da Bíblia?

---

[28] *História do riso e do escárnio*.

— Lembram-se de que ele foi ameaçado?

— Sim — respondeu La Maga — e alguém de nós até citou a morte suspeita de Roland Barthes.

— E a questão das heresias?

— É outra fonte de divergências — disse Basílio. Na visão comum Agostinho é tido como um caçador de hereges. No entanto, eis o que ele escreve em *De vera religione*: "Se temos a alegria de ver o dia do Senhor, é graças aos hereges que nos despertaram".

Ludmila mostrou como ele era briguento.

— No Livro XII de *Confissões*, no meio de uma discussão interminável sobre o que Moisés disse ou não disse em certa passagem da Bíblia, ele se exaspera: "Ó meu Deus, derramai uma chuva de suavidade em meu ânimo para suportar isso com paciência".

Maigret riu.

— Ele quis dizer: Ó meu Deus, dai-me saco pra aguentar esse cara.

— Você é melhor como policial do que como tradutor — disse Basílio, rindo.

Ludmila retomou a palavra.

— As atitudes de Agostinho também provocavam escândalos, murmúrios...

— Alguma *femme fatale*? — perguntou La Maga.

— Umas aristocratas romanas passavam as férias em Hipona, a casa delas era pegada à do bispo. Visitavam-se, elas ofereciam jantares sofisticados, pavão assado, um prato que o bispo gostava.

— E além do pavão? — perguntou La Maga.

— O pavão e as pavoas provocavam rumores, boatos, maledicências, o eterno disse me disse das comadres.

— A *murmuratio* que Agostinho condenava — disse Basílio.

— A *murmuratio* aumentou — disse Ludmila — quando Agostinho enviou um pão bento à mulher de Paulino de Nola.

— Qual o problema de um pão bento? — perguntou Acácio.

— Disseram que era um filtro de amor.

La Maga levantou a mão.

— E daí?

— Paulino de Nola cortou relações com Agostinho.

— Agostinho criava problemas, provocava escândalos. Uma vez contou num sermão que frequentava as vigílias nas igrejas para se encostar nas moças.

— Nada edificante — disse Maigret.

— Edificante? Atitude libidinosa, atentado ao poder, estupro — comentou Ludmila.

— O que mais escandalizava em Agostinho? — quis saber Maigret.

— Certas passagens de *Confissões*. Por exemplo, esta que está no Livro VI:

"Quando foi afastada de mim aquela com que partilhava o leito, porque era um obstáculo ao meu casamento, meu coração rasgou-se, feriu-se, escorria sangue".

Entrei na conversa.

— Parece que ele aprendeu tudo de Platão, menos o amor platônico.

— O erotismo é uma invenção bíblica — disse Ludmila.

— O lirismo também — disse a outra.

— Em que mais Agostinho escandalizou seus contemporâneos?

— Ainda em *Confissões* ele fala em *Membra acceptabilia amoribus amplexibus*.

Maldosamente Ludmila pediu a Basílio que traduzisse.

— "Membros próprios para as carícias do amor" — disse ele meio constrangido.

— Pelo visto — disse Maigret — a leitura de *Confissões* devia ser proibida para menores.

— Vocês não imaginam o disse me disse das comadres, as redes sociais da época — lembrou Ludmila.

— Como funcionavam? — perguntou La Maga.

— As comadres punham as cadeiras nas portas de casa, ajeitavam o xale no pescoço, saboreavam seu chá de artemísia e o "facebook" começava. Liam umas para as outras os panfletos que os adversários do bispo faziam circular de porta em porta.

"Na minha memória, vivem ainda imagens obscenas que lá se fixaram. Quando estou acordado, elas aparecem, mas não têm força. Durante o sono, porém, elas me levam ao deleite, como se eu consentisse em agir assim. A ilusão da imagem tem tanto poder sobre a minha alma e a minha carne que, enquanto durmo, falsas imagens me levam a agir de uma maneira que, se estivesse acordado, jamais permitiria."

— Mas isso está no Livro X de *Confissões* — disse Basílio.

— Exatamente, os adversários de Agostinho agiam de má-fé, escolhiam passagens do livro para escandalizar as beatas.

— Como se *Confissões* fosse um livro pornográfico — acrescentou Ludmila.

— Cuidado — disse Maigret dirigindo-se a ela —, você pode ser excomungada.

Ludmila reagiu.

— Em alguns séculos a Igreja revê a condenação, me reabilita e eu viro santa.

— *Ora pro nobis*, santa Ludmila — disse La Maga.

— Já estou sentindo um odor de santidade — provocou Maigret.

Basílio não entrou na brincadeira. Falou sério. Ab insidias diaboli, libera nos, Domine.

La Maga retomou o tema que ia se perdendo.

— Uma daquelas pessoas escandalizadas podia ficar com raiva e jogar fora o livro que procuramos.

— E por razões opostas — acrescentou Ludmila — uma daquelas madames romanas podia esconder o livro e guardá-lo como lembrança de um amor platônico. Quem poderia encontrar o livro depois?

— Em resumo — disse Ludmila —, as autoridades eclesiásticas tinham lá suas razões para não gostar de Agostinho nem do que ele escrevia.

— Ele tinha outros inimigos, os maniqueus, de quem foi seguidor na juventude e dos quais se afastou depois. Num famoso debate em Cartago, Agostinho deixou às claras a incompetência de Fausto, o chefe dos maniqueus. Desde então, separaram-se, tornaram-se adversários. Podemos incluí-los entre os suspeitos de terem destruído o manuscrito que procuramos.

— E nós — disse Maigret — continuamos na mesma. Muitos indícios, muitos suspeitos, nenhuma prova.

-33-

Ele parecia desanimado. Começou a fumar, em silêncio, e passamos a ler nossas próprias anotações em busca de alguma pista. Instantes depois Maigret deixou o cachimbo de lado.

— Haveria outra razão para falarem mal de Agostinho?

— Seus contemporâneos eram pessoas simples, ele vivia num meio muito acanhado. Era um intelectual. Muitos não o compreendiam. Agostinho é também um artista e, como Platão, tem uma ligação muito grande com a beleza.

— Aliás — Basílio acrescentou –, ele põe a beleza no ponto mais alto de sua teoria do conhecimento.

Entrei na conversa.

— Há um cheiro de Platão nisso — disse La Maga.

— De Aristóteles também.

— Na "Cidade de Deus" ele elogia a beleza das mulheres da cidade terrena.

Ludmila torceu meu argumento.

— É atração fatal. Em que outro planeta ele encontraria a Sharon Stone de *Instinto Selvagem*?

Toda vez que Ludmila entra na conversa Basílio vai logo preparando sua cara de *ora pro nobis*. Ele caprichou quando Ludmila voltou a dizer:

— Em algum lugar Agostinho cita um verso de Virgílio: "Cada um de nós é movido por seu desejo".[29]

— Isso é Freud puro — disse La Maga.

Maigret virou-se em minha direção e tirou Basílio do aperto.

— Em que mais Agostinho criou problemas?

— Na sua ligação com a literatura.

— Isso vem do berço — disse Basílio. — Mônica achava que a educação literária, mesmo pagã, tornaria seu filho um cristão melhor. Ele teve uma boa educação clássica — lembrou Basílio. — Leu Virgílio a vida inteira, leu também Horácio, Cícero, tantos outros. Leu os filósofos, as dez categorias de Aristóteles, foi influenciado por Platão...

---
[29] *Trahit sua quemque voluptas.*

— Em suma — disse Ludmila —, leu tudo de sua época.

La Maga levantou a mão.

— E também teve grandes leitores. Petrarca, Dante, Rabelais, Montaigne, Rousseau, Descartes...

Ludmila lembrou:

— Freud, Bergson, Hannah Arendt, T.S. Eliot, Paul Ricoeur, Ernesto Sabato. E que grande autor ocidental não foi influenciado por Agostinho? Dostoiévski, por exemplo, é da mesma raça dos angustiados, como ele.

Basílio lembrou outro aspecto de sua vida intelectual.

— Como professor, achava que a leitura de Virgílio era o caminho para as crianças gostarem de literatura. "Uma vez tocadas pelo primeiro perfume...", ele escreve em *A Cidade de Deus*.

— Bem lembrado — disse Acácio. — Ele aproxima a teologia da literatura ou o contrário.

Basílio citou Paul Tillich.

— As grandes obras literárias sempre acabam falando das questões teológicas que constituem a preocupação última da existência humana.

Ludmila tomou a palavra:

— Italo Calvino sugere que na literatura as pessoas expõem o ouvido ao Além.

— Não é por acaso que Agostinho é escritor e professor de letras.

— Ele é reconhecido como escritor?

— Há depoimentos importantes sobre isso. Jean Bayet diz que a prosa latina atinge um ponto bem alto em Agostinho e seu lirismo criador. Todorov o considera um mestre da linguagem. Num de seus ensaios,[30] Auerbach mostra o que considera decisivo no estilo agostiniano: ele transmite vida humana. E para não me alongar, lembro ainda Ernesto Sabato quando diz[31] que há uma profunda coincidência entre o estilo literário de Agostinho e o estilo do século XX.

Entrei na conversa.

---

[30] *A prisão de Petrus Valvomeres*.
[31] Em *O escritor e seus fantasmas*.

— Há vários Agostinhos, o teólogo, o escritor, o poeta, o dramaturgo.
— Dramaturgo?
— Escreveu uma peça que foi premiada num concurso.
— Que mais? — quis saber La Maga.
— Professor, diretor de escola... Peter Brown, seu biógrafo, garante que ele tinha "um talento insuspeitado para o jornalismo" e, em Cartago, chegou a dar o que hoje chamamos de entrevista coletiva. Também escreveu poemas.

Pedi um aparte.

— A propósito de Agostinho professor há uma história que Luiz Costa Lima[32] chamou de borgiana. Uma noite, Eulogius, aluno de Agostinho, estava preparando uma aula quando se deparou com um texto de Cícero que não conseguia entender. Quando estava dormindo, Agostinho lhe apareceu em sonho e desfez todas as suas dúvidas.

Acácio entrou na conversa.

— Há uma coisa notável em Agostinho: sua independência de pensamento.

— Dentro da Igreja isso é extraordinário — confirmou Basílio.

Puxei a brasa para minha sardinha.

— Essa independência de pensamento ele deve ao relativismo que aprendeu com a literatura.

Ludmila quase teve um ataque.

— Como vocês gostam de hagiografia!

Basílio não deu bola e continuou.

— Admiro Agostinho quando ele recomenda aos seus alunos que resguardem o seu *ingenium*, ou seja, sua capacidade de pensar.

— Nisso ele lembra Descartes — ponderou Acácio.

— Mais expressamente quando profere aquela fórmula famosa: "*fallor ergo sum*", ou seja, erro, logo existo.

Pedi um aparte.

— Mas há uma diferença notável em relação a Descartes, ele junta pensamento e afeto. Falando do Hortensius, de Cícero, Agostinho afirma: "Ele mudou meu modo de sentir".

---

[32] *O controle do imaginário.*

— Então ele poderia corrigir Descartes: Sinto, logo existo — declarou La Maga.

Depois de tanto tempo de discussão, achei que precisávamos relaxar um pouco e lembrei que, quando se cansavam, os monges antigos se divertiam escrevendo bobagens à margem dos manuscritos.

— Como?

— Reclamavam do frio, do calor, da falta de iluminação, falavam mal do abade, comentavam as intrigas conventuais...

— E depois?

— Apagavam tudo.

— Como nas redes sociais — riu Maigret.

Ludmila perguntou a Basílio:

— Vocês ainda fazem isso?

Antes que ele respondesse, La Maga interveio.

— Por que não praticamos esse santo exercício dos monges copistas?

— Dizer bobagens?

— Aceito a proposta — disse Maigret. — E perguntou a La Maga:

— Se você fosse um monge copista, que bobagem escreveria no seu manuscrito?

Ela foi rápida na resposta.

— São Bento, me arranje um amor.

E devolveu a pergunta.

— E você?

— Escreveria: São Bento, qual foi o filho da puta desses padres que roubou o livro de Agostinho?

Até Basílio caiu na gargalhada. Passado o momento de descontração, La Maga retomou o fio da conversa. Estava ansiosa.

— E depois de tudo que vimos até aqui, em que pé estamos? Não chegamos a nenhuma conclusão, não temos nenhum suspeito, não temos a menor ideia do paradeiro do livro.

— Perdemos todas as pistas — disse Basílio.

— Então o que acham que devemos fazer agora? — perguntou La Maga.

— Esperar que a maçã caia na cabeça de Maigret — disse Ludmila.

Maigret, que parecia absorto em seus pensamentos, puxou uma baforada do cachimbo.

— A maçã acaba de cair — disse. — Esqueceram *O nome da rosa*?

-34-

A maçã caiu sobre a cabeça de Maigret como o céu sobre a cabeça de Asterix. Ele mudou.

— Deve ser efeito colateral da gravidade — disse Ludmila rindo.

Maigret mostrou a resistência de um gaulês. Tornou-se assertivo, adotou um novo estilo de trabalho. No café da manhã, no refeitório dos monges, foi logo dando novo rumo à investigação.

— Em primeiro lugar — disse dirigindo-se a Ludmila — gostaria que me fizesse uma sinopse de *O nome da rosa*.

Estava bem humorado, diferente dos dias anteriores. Ludmila mastigou seu sanduíche, sorveu mais um gole de café e começou.

— Essa história aconteceu no século 14, "numa certa região da Itália", numa abadia beneditina famosa por causa de sua biblioteca. Nela viviam monges procedentes de vários países, copistas, iluministas, especialistas em línguas antigas, nos vários ramos da teologia, na história da Igreja, no pensamento dos grandes mestres da Patrística.

Interrompeu a exposição, querendo saber se havia alguma pergunta e como ficamos em silêncio, continuou.

— À frente de uma abadia como essa, o abade era frequentemente envolvido em problemas políticos e nas controvérsias eclesiásticas da época. Assim é que numa manhã de novembro de 1327 chegam à abadia frei Guilherme de Baskerville e seu secretário, o noviço beneditino Adso de Melk. Frei Guilherme vem com a missão de organizar um encontro entre diversas ordens religiosas que estavam em litígio entre si e com o Papa. Recebido com toda deferência é surpreendido por um pedido especial do abade para esclarecer a morte, em circunstâncias misteriosas, de um jovem monge, Adelmo, cujo corpo fora encontrado no dia anterior caído no fundo de um terreno baldio, por trás da biblioteca.

Nossos colegas monges ficaram abalados, queriam saber o resto da história. Ludmila continuou.

— Ao todo morreram sete monges.

Basílio fechou os olhos, vi que estava rezando.

— Como aconteceu isso?

— Paixões, competição, ciúmes, inveja, ressentimentos, traições, disputas pelo poder, cumplicidades, intrigas...

— Qual a causa dos crimes? — perguntou Basílio.

Ludmila ficou pensativa. Depois disse, como se ela mesma não acreditasse.

— Um livro.

— A *Bíblia*?

— Um livro grego. O segundo volume da *Poética* de Aristóteles.

— Mas esse livro deve ter sumido no incêndio da biblioteca de Alexandria.

— Estou falando da versão de Jorge de Burgos, um monge cego e fanático que desempenhava papel central na história do romance. Ele espalhou por toda parte que a biblioteca tinha esse segundo volume em seu acervo. E fez mais. Lançou um interdito sobre o livro. Ninguém, a não ser o abade, o bibliotecário e ele próprio, poderia ter acesso ao livro.

Maigret ficou pensativo.

— Mas a *Poética* de Aristóteles era ou é assim tão importante para provocar tudo isso? Provocar a morte de monges? Destruir uma abadia? Qual sua importância afinal?

— Para ter essa resposta, Maigret, você teria de participar do curso semestral que Gabriel ministra na Universidade.

— Deus me livre!

— Então leia o ensaio de Umberto Eco, "A Poética e nós".[33]

Serafim mudou de assunto.

— O interdito funcionou?

— No começo, sim. Jorge criou um sistema de proteção quase perfeito. Além dos segredos para abrir a porta, durante a noite o bibliotecário deixava acesas velas com substâncias alucinógenas e tóxicas. Falava-se de monges que tiveram visões e achavam que eram produzidas por demônios. Isso garantiu a permanência do segredo, mas não por muito tempo.

---

[33] No livro *Sobre a Literatura*, Record, 2003.

— A maldição do fruto proibido — comentou La Maga.

— Os monges mais jovens achavam que tinham direito ao saber e não aceitavam a proibição. Os mais velhos queriam diminuir o poder de Jorge na abadia e havia também os traficantes de livros infiltrados na comunidade. Não demorou muito e descobriram o segredo de como penetrar na biblioteca.

— Pelo que me lembro da leitura do romance — disse Acácio –, Guilherme e Adso também entraram na biblioteca à noite e viram sinais de que havia intrusos lá dentro. Aliás, um deles chegou a roubar as lentes que Guilherme deixara em cima de uma mesa.

— É verdade. Os grupos brigavam entre si. O livro foi encontrado e levado algumas vezes por monges que depois, por medo, o repunham em seu lugar. Não se sabia direito quem tinha o segredo de penetrar na biblioteca, mas o certo é que muita gente tinha.

-35-

Nossos colegas beneditinos ouviram Ludmila sem dizer uma palavra. Estavam escandalizados.

— Como entender isso? — foi só o que Basílio conseguiu dizer falando para si mesmo.

Maigret se dirigiu a La Maga.

— O que mais apuraram?

La Maga abriu o PowerPoint.

— Depois do copista Adelmo, morreram mais seis monges. A morte de Adelmo trouxe uma complicação a mais. Antes de morrer, ele se confessou ao abade. O abade, portanto, sabia o que estava ocorrendo, mas ficou sem possibilidade de agir por causa do segredo de confissão.

— O que é o segredo de confissão? — perguntou Ludmila a Basílio.

Maigret voltou-se para ele.

— Sei o que é isso. Como policial, eu também tenho guardado muito segredo de confissão.

Ludmila continuou sua exposição.

— A segunda vítima chamava-se Venâncio. Uma coisa a se notar nele: era tradutor do grego e grande conhecedor de Aristóteles.

La Maga a interrompeu.

— Venâncio teve grandes divergências com Berengário e Jorge de Burgos por causa do riso e da poesia.

— Como morreu?

— Quando a biblioteca pegou fogo ele entrou no *scriptorium* para salvar alguma coisa e acabou vítima do fogo.

— E as outras vítimas? — perguntou Acácio.

— Malaquias morreu envenenado. Berengário, que roubou os óculos de Guilherme de Baskerville, também apareceu morto. A mesma coisa com Severino, que encontrou um "livro suspeito" escondido por alguém no seu laboratório.

— Como morreram o abade e Jorge de Burgos?

— O abade morreu asfixiado dentro de uma torre da biblioteca. Quando descobriu que Jorge de Burgos era o mentor intelectual de tudo, foi procurá-lo na biblioteca. Quando entrou, Jorge acionou uma alavanca que o prendeu na torre.

— E Jorge de Burgos, o que aconteceu com ele?

— Depois que descobriram que ele era o responsável pelas mortes dos monges, Guilherme e Adso entram na biblioteca para prendê-lo. Jorge tentou ganhar tempo apresentando a Jorge o livro escondido na torre da abadia. "Toma é o teu prêmio". O livro estava envenenado e Jorge esperava que Guilherme o folheasse e morresse. Só que Guilherme colocou suas luvas antes de abrir o livro. Percorreu as primeiras páginas, sem conseguir lê-las. A biblioteca estava pouco iluminada e ele sem os óculos, que haviam sido roubados por Berengário. Além disso, quando ouviu as batidas do abade na parede, pedindo socorro, Guilherme colocou o livro sobre a mesa e correu para tentar salvá-lo. Jorge então percebeu que Guilherme não se envenenara e, vendo que não tinha saída, apanhou uma vela e, como um Montag enfurecido de *Fahrenheit 451*, tocou fogo na biblioteca e depois se jogou nela levando o livro consigo. Quando Guilherme e Adso conseguiram localizar Jorge, este já estava caído no meio do fogo, o livro todo queimado. Foi coisa de instantes, os outros monges chegaram carregando baldes de água, já era tarde, a biblioteca ardia e Jorge estava morto.

-36-

Ludmila calou-se e nossos colegas beneditinos não conseguiam dizer uma palavra.

— Fico imaginando o destino de Jorge de Burgos — disse La Maga.

— O inferno, sem dúvida — rebateu Ludmila.

— Se Da Vinci já tivesse pintado a Mona Lisa, Jorge teria um castigo especial: passar a eternidade contemplando aquele sorriso.

Maigret assumiu o comando.

— Acabou a sinopse, garota?

— Sim.

— Gostaria agora de ter informações sobre dois monges que estão no romance de Umberto Eco, mas não aparecem no relato de vocês: Salvatore e Remigio.

— Eram traficantes de livros. Perambulavam pelas abadias, ofereciam-se para trabalhar, acabavam vivendo na comunidade e exercendo disfarçadamente a traficância de livros. Salvatore tinha ligações com os valdenses e por isso acabou preso pelos arqueiros que faziam a segurança da abadia

— Até que enfim um personagem — riu Maigret. — Que fim levou Salvatore? Foi queimado ou ainda está preso?

Ludmila fez cara de Hitchcock.

— Fugiu.

— Fugiu da Inquisição?

— Os valdenses subornaram os guardas que o libertaram.

— E os guardas?

— Disseram ao bispo que um anjo abriu o portão para Salvatore sair.

Maigret pôs-se a rir gostosamente.

— Grande personagem, Salvatore, e com esse nome!

Nunca vi Maigret rindo tanto.

— E Remigio, também tinha prestígio com os anjos? — perguntou.

— Esse acabou preso pela Inquisição. Não se teve mais notícia dele.

-37-

Começou a chover, o vento batendo forte nas janelas da biblioteca, de onde se via o mar agitado jogando ondas na praia.

— Tempo bom para o surf — disse Ludmila.

— Continuaremos surfando no romance de Umberto Eco — rebateu Maigret. Esvaziou a sua xícara, acendeu o cachimbo e voltou-se para nós.

— Uma vez, Simenon me disse que para ler bem um romance precisamos olhar pelo buraco da fechadura. Na linguagem policial isso se chama campana.

— O que é a campana?

— O policial se posta discretamente em algum lugar para observar tudo que se passa ali.

— Mas então como fazer campana numa abadia do século 14? — perguntou Acácio.

Tínhamos chegado ao momento decisivo da investigação, hora de pôr à prova a utilidade da patafísica para encontrar livros perdidos. Então respondi a Acácio:

— Um problema impossível exige uma solução impossível, a solução patafísica.

Os monges me olharam como se eu tivesse ficado doido varrido.

— O que é a patafísica? — Basílio quis saber.

— A patafísica, como é definida pelos que a conhecem, é a ciência das soluções imaginárias. Trata das coisas que estão acima do que está além da física.

— Mas isso tem rigor científico?

— O rigor da patafísica é muito parecido com o rigor do jazz.

— Partitura e improviso? — comentou La Maga, fã do jazz, como Cortázar.

— Os dois. Mas a parte do improviso é maior.

— Como é?

— É como o inesperado de Heráclito.

— Como surgiu a patafísica? — quis saber La Maga.

— Com o livro de Alfred Jarry, *Gestas e opiniões do Doutor Faustroll*, publicado em 1911. Essa obra deu origem ao renomado Collège Pathafisique, como contraponto ao não menos renomado Collège de France.

— A França é, pois, um país de patafísicos.

— Certamente. E um deles está aqui.

— O comissário Maigret?

— Quem mais poderia ser? Mas há outros.

— Por exemplo.

— Jacques Prévert, Gilles Deleuze.

— Deleuze?

— Ele confessa isso no Abecedário.

— Há patafísicos fora da França?

— Claro. Na Alemanha, Inglaterra, Itália, por aí afora...

— E na Argentina?

— Piazzolla, Cortázar, Borges, Ernesto Sabato, Ricardo Piglia...

— E no Brasil?

— O Brasil é um caso especial desde o início. O sujeito que chegou aqui pensando que estava nas Índias já era meio patafísico.

— Então há muitos patafísicos por aqui?

— Muitos.

— Gil e Caetano?

— São pra lá de patafísicos. O Tropicalismo foi todo patafísico.

— Como Chacrinha.

— Esse era escandalosamente patafísico. Ele e Hebe Camargo.

— E Rita Lee?

— Essa nem precisa dizer nada. "Baila comigo, como se baila na tribo".

— A patafísica ainda existe?

— Ela não é obrigada a existir para ser.

— É possível fazer uma viagem no tempo e chegar ao século 14? — perguntou Acácio, incrédulo.

— Alfred Jarry desenvolveu seus estudos a partir da reflexão de Agostinho sobre o tempo e concluiu que sim.

— O romance também discute o problema do tempo — disse Ludmila.

— O tempo da escrita e o tempo da leitura — completou La Maga.

— O certo é que Jarry descobriu a possibilidade da viagem no tempo — confirmei.

— Como? — quis saber Basílio.

— Apelando para um ponto imaginário entre o *"nunc transiens"*, (o agora que passa) e o *"nunc stans"* (o agora que permanece), aquele ponto que Agostinho chamou de eternidade.

Os monges estavam com cara de espanto.

— Eu quero saber é como funciona, como isso pode nos levar ao século 14 — disse Serafim.

La Maga voltou-se para ele.

— É uma pena que você não tenha lido ficção científica.

— Li *Viagem à lua*, de Júlio Verne.

— Aí a viagem é no espaço, aqui a viagem é no tempo.

— Que livro você queria que eu tivesse lido?

— *A máquina do tempo,* de H.G. Wells. O personagem central desse livro é um cientista, Alexander Hartdegen, que faz uma viagem ao passado para encontrar sua noiva, que morreu antes de casarem.

Basílio me perguntou.

— Hartdegen era patafísico?

— Sim e baseou sua pesquisa também na intuição de Einstein segundo a qual o tempo pode ser afetado pela velocidade.

— Desde que sejamos mais rápidos que a tartaruga de Aquiles — disse Ludmila rindo. Depois acrescentou:

— Mas eu tenho uma dúvida — virou-se para mim. — Não acha que o romance perde a credibilidade quando usa o recurso da patafísica?

— Você se lembra do maravilhoso na *Odisseia*? Homero perdeu a credibilidade por isso? E o *Dom Quixote* perdeu a credibilidade por causa dos encantamentos e dos feitiços que Cervantes usou para escrevê-lo? Shakespeare perdeu a credibilidade por causa dos fantasmas que habitam os castelos ingleses? E o que dizer de *Cem anos de solidão*, de García Márquez?

Ela balançou a cabeça, concordando.

— Um bando de patafísicos.

Nesse momento, Dr. Hartdegen entrou na sala, cumprimentou cada um e nos convidou.

— Vamos fazer a prova científica. É só entrar na máquina estacionada na área externa do mosteiro.

V

A abadia

-38-

Um silvo prolongado, uma explosão de motor, um feixe de luz, abrimos os olhos e estávamos parados em frente a uma grande abadia.

— Essa é a abadia que Umberto Eco imortalizou em *O nome da rosa* — disse o Dr. Hartdegen.

— Estamos dentro de um filme ou sonhando? — perguntou La Maga.

— Pode ser sonho, sim — disse o Dr. Hartdegen –, ou um filme de ficção científica.

— Fantástico — Basílio deixou escapar.

Nossa investigação afinal avançava. Eu estava eufórico.

— Só não entendo por que temos de fazer campana à noite, se à noite todos estão dormindo — disse Ludmila.

Maigret riu.

— É que à noite, como diz São Tomás na *Suma Teológica*, todos os gatos são pardos.

Do ponto onde estamos agora temos uma vista privilegiada da abadia e seus arredores. A abadia, que na realidade foi destruída pelo incêndio, impressiona pelo tamanho e pela beleza. A descrição que Umberto Eco faz é verdadeira. Ela é cercada por um muro bem alto e tem duas entradas principais. Por trás, há um pequeno portão dando para uma estrada que atravessa a floresta e vai em direção a uma aldeia próxima.

Trouxemos nossos sacos de dormir e uma boa provisão de pão, queijo, presunto e cerveja.

— Aqui será nosso posto de observação — disse Maigret apontando para o lugar onde estávamos, um pouco afastado da entrada. — Fica protegido por algumas árvores. Por aqui não passa ninguém, mas em caso de uma surpresa ficaremos escondidos na mata ao lado.

Com um canivete abriu uma pequena fenda no portão.

— Por aqui podemos ver tudo que se passa no interior da abadia. Ludmila e La Maga se revezam nesse ponto, eu e Gabriel circulamos em volta da construção. Os outros já sabem o que fazer.

Ludmila assumiu o seu posto.

— O que está vendo? — perguntou Maigret.

— A abadia. É uma fortaleza cercada por uma muralha de pedras.

— Como você a descreveria? — perguntou Maigret.

— Grandiosa. Esse é o termo para defini-la. Imponente.

— Sabe o que diz Panofsky sobre as igrejas medievais? Que elas são a *Suma Teológica* em pedra — disse Ludmila.

— O que vê mais — perguntou Maigret antes que Basílio resolvesse explicar a escolástica em pedra.

— Vejo também o claustro, os dormitórios, o que suponho ser a residência do abade, a casa dos peregrinos, a casa dos noviços, cozinha, refeitório.

— Agora é a minha vez — disse La Maga. — Um prédio que deve ser a biblioteca e o *scriptorium*. Depois estábulos, horta, plantações. Há também os alojamentos onde se abrigam cavalariços, porqueiros, cabreiros, ferreiros, enfim, os serviçais da abadia, tudo como Umberto Eco descreve no seu romance.

— Não vê ninguém?

— Sim, vários monges, uns muito velhos, cara de lunáticos, outros bem jovens movimentam-se apressados por entre os vários edifícios. Vejo um de meia-idade, posudo, cercado por vários noviços.

— É o abade — disse Maigret.

— Por onde eles se movimentam mais?

— Os mais velhos andam sozinhos ou em pequenos grupos. Uns conversam, outros rezam o breviário. Menos os jovens, que andam apressados de um lado para o outro por entre a igreja, o dormitório, o refeitório, o *scriptorium*. Lembram formigas adivinhando chuva.

Ludmila voltou a olhar pela fechadura.

— Aparentemente os jovens monges são alegres, descontraídos, mas alguns discutem entre si, parece que se espionam mutuamente. A impressão é que estão em disputa uns com os outros. Alguns parecem assustados.

La Maga ficou algum tempo em silêncio, observando com atenção o movimento no interior da abadia.

— O que se passa? perguntou Maigret.

— Vejo agora dois monges que se destacam dos outros pela maneira como agem. Tenho a impressão de que são visitantes. O tempo todo eles observam o movimento dos outros, como se também estivessem investigando alguma coisa.

— O mais velho — continuou Ludmila — parece inglês, usa o hábito dos franciscanos; o mais jovem se veste como os da casa.

— Guilherme e Adso — disse Maigret.

A outra continuou.

— Uma coisa que se percebe é uma agitação contida ou disfarçada. Não há como saber o que está acontecendo entre eles, mas a ansiedade é visível na face de muitos, sobretudo dos mais jovens. Também é visível na face do abade e do monge cego, que percorrem a abadia como quem procura alguma coisa. Atitude suspeita é o que não falta. Agora mesmo vejo dois monges, que suponho serem Guilherme e Adso, seguindo de longe a movimentação do abade e de Jorge de Burgos.

Ludmila rende La Maga no posto de observação.

— Em direção à casa dos peregrinos passa um monge jovem, da idade de Adso, esse não está entre os personagens do romance de Umberto Eco e por isso não apareceu nos prontuários que preparamos. Discretamente ele observa tudo à sua volta. Dá a impressão de ser algum copista de fora visitando a biblioteca.

De repente ela se cala, parece assustada.

— Que foi — perguntou Maigret.

— Um monge estranhíssimo, feio, com aparência de sujo.

— É Salvatore — disse Maigret.

— Depois de olhar de um lado para o outro, como quem verifica se está sendo observado, vem vindo em direção a esta saída.

— Quando estiver bem perto escondam-se e deixem-no passar. La Maga o seguirá de longe para ver aonde vai.

Enquanto Salvatore se aproxima, carregando alguma coisa dentro de um saco de viagem, as duas se escondem no lugar combinado. Ele abre o portão, espreita de um lado para o outro e toma o caminho da esquerda. La Maga o segue de longe. O sol começa a se pôr e a noite cai depressa. Entramos em nossos abrigos improvisados para descansar e comer uns sanduíches com cerveja. Um de nós fica atento a qualquer rumor que vier da floresta, da estrada ou mesmo do interior da abadia.

Meia hora depois La Maga volta da perseguição ao monge.

— Ele foi até a aldeia e entrou numa casa onde uma moça o esperava.

— Por isso a campana é necessária — disse Maigret feliz com a descoberta.

Depois acrescentou baixinho:

— A noite promete ser divertida.

— Por quê?

— Essa abadia tem a melhor vida noturna da região.

— E você vai participar?

— Claro, providenciei até uma roupa especial.

Puxou o saco de dormir e nos mostrou um hábito beneditino.

— Quando escurecer, voltamos ao nosso plantão. La Maga fica no posto, Ludmila de olho na estrada e na floresta, Gabriel coordena todas as ações aqui fora. Quando Salvatore voltar, eu entro atrás dele na abadia.

Maigret vestiu o seu hábito e as duas começaram a rir.

— Dom Maigret, por favor me ouça em confissão — disse La Maga.

-39-

Preparamos um segundo lanche para atravessar a noite que prometia ser animada. Maigret acendeu o seu cachimbo e, enquanto esperávamos, começou a nos contar aventuras que viveu em outras investigações. Nisso ouvimos um rumor de passos vindos da estrada. Ludmila, que estava de sentinela, avisou.

— É Salvatore, mas não vem só, vem acompanhado por outro monge.

Ficamos de sobreaviso. Escondemo-nos atrás dos arbustos e ficamos à espera. Ou melhor, à escuta. Do lugar onde estávamos, já dava para ouvir, mas não para entender a conversa entre os dois. Mesmo assim Ludmila anotou duas palavras, *liber* e *dificilis*, sinal de que estavam falando de um livro difícil.

— Difícil de ler? — perguntou La Maga.

— De encontrar ou de roubar — ponderou Maigret.

Os dois estavam cada vez mais perto e Ludmila notou que o companheiro de Salvatore tinha um andar cadenciado, bamboleante.

Agora sim, dava para ouvir melhor a conversa entre os dois. Embora falassem baixo, falavam de um livro escondido numa das casas da vila de onde estavam vindo. Examinavam a possibilidade de alguém chamado Jehan ir até lá fazer uma cópia do livro.

— Quem é Jehan?

— Não sabemos ainda. Talvez o copista de fora, que não apareceu entre os monges da abadia.

— Não façam nenhum barulho — disse Maigret.

Os dois monges já estavam entrando pelo portão que deixaram apenas encostado, talvez porque pretendessem voltar logo. Maigret preparou-se para segui-los. Deu um tempo e, pé ante pé, seguiu atrás. Assumi o lugar dele, pedi a La Maga que voltasse ao ponto de observação e a Ludmila que ficasse atenta a qualquer rumor vindo de fora.

Enquanto observava o interior da abadia, La Maga começou a rir.

— O que acontece? — perguntei.

— Vocês precisam ver Maigret andando na ponta dos pés, como os padres.

Fui olhar e era divertido ver o comissário imitando os padres no andar, nas reverências, no modo de carregar o breviário, na unção clerical, na cara piedosa.

Um rumor estranho interrompeu nossa conversa. Ludmila deu o sinal e ficamos em alerta. Empunhei a arma e... uma raposa passou correndo por nossos pés.

— Maigret nos acharia ridículos — comentou Ludmila.

La Maga voltou ao seu posto querendo ver se descobria onde andava Maigret. Para sua surpresa viu o comissário conversando com alguém que, pela aparência, devia ser Guilherme de Baskerville. A conversa parecia amigável, como se os dois já se conhecessem ou fossem velhos amigos. De repente um monge jovem reuniu-se a eles e os três sumiram de sua vista. Mas aí ela me chamou:

— Salvatore e o monge que entrou com ele estão voltando.

Escondemo-nos e ficamos aguardando. Minutos depois eles aparecem no portão.

— Quem acompanha Salvatore é o monge do andar bamboleante? — perguntei.

— Ele mesmo — confirmou La Maga.

— Não sei por que desconfio dele — confessei.

Cauteloso, sem fazer barulho, Salvatore abre o portão e os dois ganham a estrada. Ludmila segue-os de longe, por dentro da floresta. Em caso de perigo ela pode nos enviar alguma mensagem através de uma pequena flauta que imita o canto dos galos.

— Onde Ludmila arranjou isso? — perguntou La Maga, admirada.

— Maigret encontrou a flauta perto do portão, talvez fosse de algum monge ou alguma criança. Ela imita o canto do galo.

Passado algum tempo, o galo cantou, era Ludmila que voltava. Vinha correndo, esbaforida, cabelos ao vento.

— Vocês não sabem o que eu vi!

— Um Unicórnio? — perguntou La Maga.

— Um dragão? — perguntou Acácio.

— O monge que ia com Salvatore é uma mulher.

— Uma mulher! — exclamaram todos.

-40-

Para quem conhece a Idade Média não chega a ser uma surpresa encontrar mulheres que se vestem de homem para esconder sua identidade.

— Joana d'Arc — lembrou La Maga.

— Mas nesse caso é diferente e possivelmente tem a ver com o tráfico de livros.

A verdade é que a descoberta de Ludmila nos deixou na maior excitação.

— Conte como foi isso — pedi.

— A lua estava muito clara, dava para ver toda a estrada, fui me esgueirando pela mata. Até uma parte do caminho eles iam conversando normalmente. Um trecho depois começaram a andar de mãos dadas e a se abraçar. Eu achando aquilo meio estranho. Mais adiante entraram na floresta, um dos monges tirou a roupa. Era ela.

— E aí?

— Ficaram escondidos atrás de um arbusto.

— Havia alguma serpente?

— Não.

— Então não eram Adão e Eva — comentei.

Sem que tivéssemos tempo de mostrar qualquer reação, outro galo cantou dentro do muro da abadia. Era Maigret que voltava.

— Vocês não vão acreditar — disse ele.

— O abade é mulher? — perguntou La Maga rindo.

— Por que pergunta isso?

— Porque Ludmila acaba de fazer uma descoberta.

— Qual?

— O monge que entra e sai por essa porta na companhia de Salvatore é uma mulher.

Maigret riu.

— Filha da puta, é Laila. Eu bem que desconfiava.

— Laila? Quem é Laila?

— É a moça que mora na aldeia por trás da abadia. Visita Salvatore à noite, se entrega a ele por um prato de comida. Guilherme acha que ela aprendeu a fazer cópias de manuscritos para vender a traficantes.

— Bem que desconfiei do seu andar bamboleante.

La Maga estava curiosa.

— Você entrou na biblioteca?

— Junto com Guilherme e Adso.

— E então?

— É deslumbrante.

Maigret não esconde que ficou encantado com Guilherme.

— Ele contou que descobriu quase tudo que aconteceu na abadia, disse que Jorge é um fanático doente, capaz de qualquer coisa. O abade é fraco, completamente dominado por Jorge. O tal livro que Jorge quer esconder já foi descoberto por um desses monges e corre o risco de ser vendido a algum traficante. Por isso ele está de olho em Salvatore e em Laila.

— Perguntou sobre o manuscrito de Santo Agostinho? — quis saber a Maga.

— Claro. Ele não acredita que esse livro tenha se perdido. Pode estar escondido em alguma abadia.

— Aqui? — perguntei.

Ele me lançou um olhar penetrante, como se quisesse saber o que de fato eu sabia. Depois me contou que entre os monges há um noviço de Bobbio, chamado Jehan, com a missão de fazer uma cópia desse manuscrito.

— O tempo todo ele me evita e foge de minha presença. Descobri depois a razão. Sua família tem ligações com os valdenses e como soube que eu pertenci ao Santo Ofício tem medo de que eu o denuncie. Acompanhei suas diligências para encontrar esse livro, mas não sei se conseguiu. Malaquias fez o que pôde para impedi-lo de fazer a sua cópia, mas se a abadia dispõe desse livro Salvatore dará um jeito.

— Do que precisamente o senhor desconfia? — perguntei.

Guilherme lançou um olhar penetrante em minha direção.

— Os valdenses encarregaram Salvatore de proteger Jehan. Salvatore sabia como penetrar na biblioteca. Sabia da missão da qual o noviço de Bobbio foi encarregado. É muito possível que o tenha ajudado.

— De que forma? — perguntei ainda.

— Pondo o manuscrito de Santo Agostinho nas mãos dele.

— A biblioteca dispõe desse livro?

Ele riu e me disse:

— Quem sabe? — E me desejou boa sorte.

— Bem, — disse Ludmila –, como você prometeu, a noite foi muito animada.

Maigret começou a recolher os apetrechos da campana.

— Está na hora de voltar.

— E o nosso passeio pela Idade Média? — gritaram as duas.

Maigret riu.

— Gabriel me disse que tem uma surpresa para vocês. Quando voltarmos, ganharão de presente *Contos da Cantuária*, de Geoffrey Chaucer. E eu garanto que, em nosso próximo almoço no Le Café, teremos no cardápio pão bento e pavão assado.

— Então voltemos logo — disseram as duas.

— Cheguei na hora — disse o Dr. Hartdegen entrando em nosso esconderijo para nos convidar a entrar na Máquina do Tempo.

Um pequeno estrondo, um feixe de luz.

— E aqui estamos de volta — declarou o Dr. Hartdegen.

Ludmila citou Joachim Du Bellay.

— *Hereux qui comme Ulysse a fait un beau voyage.*[34]

— Acho que Ulisses não diria isso — comentei.

— É inacreditável! — exclamou La Maga. — Estamos em frente à igreja da Misericórdia em Olinda.

— E as freiras continuam cantando o mesmo salmo — confirmou Ludmila.

Acordei cedo e liguei para La Maga para contar o sonho que tive. Depois de me ouvir, ela me disse:

— Abra *O nome da rosa* na página 494.

Abri. Estava escrito: "Um sonho é uma escritura e muitas escrituras não passam de sonhos".

---

[34] Feliz quem como Ulisses fez uma boa viagem.

VI

Olinda

-41-

Quando cheguei para o nosso encontro no mosteiro, todos já estavam reunidos no salão nobre, esperando Basílio para a leitura dos manuscritos.

Ele tomou seu lugar no centro da mesa à nossa frente e disse a fórmula consagrada para ocasiões como essa.

— Louvado seja Nosso Senhor Jesus Cristo.

— Para sempre seja louvado — respondem os monges.

Um pouco solene, olhou em nossa direção.

— É costume secular dos beneditinos guardar a memória dos fatos importantes para a história da nossa Ordem. Por essa razão, os documentos que vamos ler serão inscritos no Livro de Tombo deste mosteiro do Patriarca São Bento da Vila de Olinda. Deu um pigarro e começou a ler o relato de Basílio.

É com reverência que abro mais uma vez o "Livro de Tombo" deste Mosteiro para consignar o resultado do trabalho confiado por Dom Abade a mim e a meus três colegas.

Desde que o abade me conferiu essa responsabilidade, faço isso sempre que algo importante merece registro. Hoje estamos fazendo um registro especial, com a descoberta de documentos de grande significação para a história da Ordem beneditina. Será um pecado contra a modéstia acrescentar que ela tem igual importância para a história cultural do Ocidente?

Tossiu um pouco e continuou.

Começamos o trabalho de recuperação dos manuscritos sem saber o que nos aguardava. Tínhamos em mãos pergaminhos chamuscados pelo fogo, roídos pelos bichos, avariados pelo tempo e não sabíamos se seríamos capazes de recuperá-los e ter acesso ao seu conteúdo. As letras estavam apagadas, foi preciso muito trabalho para torná-las legíveis.

Nessa ocasião eu e meus dois colegas sentimos uma grande perplexidade como se estivéssemos recebendo uma mensagem sem saber de onde vinha e quem a enviava. Os olhares que trocamos em silêncio revelavam não sei quantas perguntas. Desde quando esses manuscritos estão aqui? Quem os trouxe? Por quê? Como? Quem os escreveu? O que dizem? Foram as primeiras indagações que nos fizemos.

Silêncio geral na biblioteca. Todos atentos. La Maga fez sinal querendo saber do meu sonho. Basílio continuou.

Sem esconder a emoção, olhamo-nos uns para os outros como se quiséssemos descobrir o que faria numa situação assim o nosso pai São Bento. A resposta veio espontânea quando lembramos o item 48 da Regra de São Bento: Ora et labora.[35] Ali mesmo invocamos o Santo Espírito com o **Veni Creator** *e pedimos a proteção do Espírito Santo.*

Com todo cuidado, por causa da fragilidade, colocamos os manuscritos ressecados sobre uma mesa para melhor examiná-los. Na medida em que íamos abrindo o rolo e fazendo a primeira limpeza, verificamos a existência de três relatos e uma frase solta que nos pareceu o título de um livro.

O primeiro relato é de autoria Adso de Melk, o noviço de Guilherme de Baskerville; o segundo é assinado por um monge chamado Jehan, que adiante se saberá quem é; o terceiro relato é assinado conjuntamente por Adso e Jehan, em circunstâncias que também conheceremos adiante.

Enquanto trabalhávamos na recuperação dos manuscritos, dizíamos uns aos outros, nada de conclusões apressadas, mais do que nunca precisamos da paciência beneditina para ler os manuscritos e dar sentido aos vazios entre as palavras.

Sentíamos que estávamos na mesma senda seguida pelos nossos irmãos medievais e, com emoção, prestamos a esses irmãos distantes a homenagem do nosso silêncio e das nossas preces.

Todos estávamos com a respiração presa. O único rumor era o do vento que abria e fechava as janelas da biblioteca. Basílio continuou lendo.

Com uma pequena espátula, Acácio ia limpando o pó acumulado nas dobras do pergaminho e as palavras iam se formando sob nossos olhos hipnotizados. Quando o sino tocou chamando para a oração no coro, nenhum de nós se moveu, certos de que São Bento nos perdoaria se déssemos ao "labora" a primazia sobre o "ora".

— São Bento nos perdoará — eu disse aos meus colegas, acrescentando que segundo a regra beneditina o "ora" e o "labora" têm o mesmo valor diante de Deus.

Um pequeno traço surge e desaparece à nossa frente. Às vezes mais forte, às vezes menos. Serafim apanha outra espátula e depois de tirar o excesso de pó

---

[35] Reze e trabalhe.

que encobre as letras, eis que se desenha à nossa frente um traço que lembrava um B. As letras que se seguiam estavam ilegíveis.

Para mim já era um indício. Antes de me designar para a função de bibliotecário, o abade me ordenou que estudasse as mais importantes bibliotecas medievais, das quais sempre falava com orgulho. Uma das mais afamadas era a do mosteiro de Bobbio, fundada por São Columbano no século VI.

Assim, quando aquele B apareceu no texto eu disse aos meus colegas: Este manuscrito provavelmente é originário da biblioteca do mosteiro de Bobbio, mas precisamos ainda dessa confirmação. E lembrei a eles o oxímoro latino: Festina lente[36], que São Bento tanto prezava. Nossa paciência foi recompensada porque depois de algum tempo encontramos o brasão da abadia de Bobbio.

La Maga e Ludmila mal disfarçavam a ansiedade. É como se quiséssemos apressar a leitura para ver o que nos esperava. Continuamos ouvindo Basílio.

Do mesmo modo que nossos confrades na Idade Média, muitas vezes fomos obrigados a adivinhar o que estava escrito sob as restaurações e os espaços em branco, mas com a graça de Deus conseguimos finalmente concluir o trabalho.

Pelos estudos que fizemos, e com a ajuda de especialistas da USP, os pergaminhos encontrados no porão da biblioteca datam do século XIV e escaparam milagrosamente a dois incêndios: o que destruiu a abadia de O nome da rosa e o que os holandeses atearam a este mosteiro de Olinda em 1630. O fato de terem escapado a dois incêndios nos pareceu um recado especial da Providência Divina.

Apesar dos espaços em branco e de palavras às vezes ilegíveis, podemos hoje assegurar que a biblioteca deste mosteiro teve a honra de receber três manuscritos que esclarecem pontos antes desconhecidos de nossa história. Os estudos garantem também que a frase solta encontrada num dos pergaminhos é decisiva para a investigação — olhou em nossa direção — feita por nossos ilustres hóspedes. A seguir faremos a leitura dos manuscritos encontrados. Deus seja louvado.

---

[36] Apressa-te devagar.

-42-

Basílio calou-se e foi surpreendido por uma salva de palmas puxada por Maigret e seguida pelos monges que se reuniram a nós. Meio sem jeito, agradeceu os aplausos e anunciou que dom Acácio leria o primeiro manuscrito. Fez-se silêncio. Acácio tomou seu lugar à mesa e começou.

— O primeiro manuscrito que conseguimos recuperar é um relato no qual Adso de Melk refaz parte do relato publicado pelo abade Vallet, aquele que Umberto Eco usou para escrever *O nome da rosa*. Esse segundo relato muda os resultados da investigação de Guilherme de Baskerville ao revelar elementos que não foram conhecidos por causa do incêndio da abadia. Passo a ler o relato de Adso de Melk.

Eu, Adso, hoje pela bondade de Deus abade de Melk, por dever de consciência e desejo de contar toda a verdade, refaço o relato publicado pelo abade Vallet a fim de acrescentar e corrigir alguns dados que alteram o que escrevi antes.[37]

Na juventude, fui noviço de frei Guilherme de Baskerville e participei da investigação que ele empreendeu para elucidar os crimes cometidos naquela abadia. Apesar da dedicação e da notória capacidade do meu mestre, a investigação ficou inacabada pois foi interrompida pelo incêndio que destruiu a biblioteca e toda a abadia. Frei Guilherme deslindou toda aquela história, mas o incêndio não lhe permitiu ter nas mãos as provas do que descobriu.

Por essa razão, para frei Guilherme e para mim, ficou sempre uma dúvida sobre o livro jogado na fogueira. Era mesmo o livro de Aristóteles, como as circunstâncias faziam crer? Ou teríamos sido iludidos por uma grande fraude? Por certas imprecisões e lapsos encontrados no relato original, essa dúvida nunca nos abandonou.

Assim, após a morte de frei Guilherme, ainda atormentado por aquela dúvida, empreendi uma viagem para visitar as ruínas da grande abadia. Isso consta do primeiro relato que escrevi, mas que ficou incompleto porque lá não disse tudo que descobri nessa segunda viagem.

Quando estive nas ruínas da abadia refiz na memória os lugares por onde andei acompanhando frei Guilherme. Por toda parte, ruínas. A igreja, a biblioteca, o scriptorium, a casa do abade, as celas dos monges, os dormitórios dos noviços, não restava pedra sobre pedra. Um cenário desolador.

---

[37] Esse novo relato modifica o que Umberto Eco aproveitou em seu romance.

Caminhando por entre os detritos, pude ver que, no meio das ruínas, surgiam às vezes objetos de culto, restos de móveis, pedaços de pergaminho. Olhava tudo aquilo com dor no coração. "Ó Senhor, por que será que a vida humana é sujeita a tamanhas dores?" *"Por que não nos livras da desolação, da tristeza, do pecado e dos tormentos?"*

Pensando assim caminhava por aqueles lugares outrora tão vivos e agora tão tristes quando me deparei com um armário que milagrosamente havia escapado ao fogo. Dentro, em meio a larvas e insetos, pude ver restos de pergaminhos caídos da biblioteca ou do scriptorium e agora rasgados, queimados ou roídos pelos bichos.

Em certo momento, remexendo entre os detritos, encontrei um texto quase intacto onde constava um nome: Jehan de Bobbio. Não sabia quem era, mas guardei tudo em meu saco de viagem e continuei remexendo naqueles tesouros, até que vi o que me pareceu ser o incipit *de um livro. Abaixei-me, coloquei os óculos que meu mestre me dera na despedida, e minha vista se turvou. Não acreditava no que estava lendo. Aproximei-me mais e vi o que estava escrito:* **De pulchro et apto,** *umas palavras ilegíveis e depois* "Ad Hierium romanae urbis oratorem". *O resto do papiro estava totalmente queimado. O que eu tinha nas mãos era a primeira página de um livro dedicado a Hiério.*

Estremeci. Ouvi várias vezes meu mestre se referir a um manuscrito de Santo Agostinho que se perdera não se sabe como nem quando. O título começava como este que acabo de ver. Esse manuscrito era tão importante que frei Guilherme chegou a me dizer: "Adso, se um dia encontrar esse livro não perca tempo, roube-o e traga-o para mim. Eu te darei a absolvição." *Meu mestre era assim, eu nunca sabia quando ele falava sério ou brincando. Mas agora é tarde, não posso mais levar o livro para ele, pensei com tristeza. Lembrei-me do texto de Jehan que havia guardado e comecei a suspeitar que os dois textos tinham alguma coisa em comum. Mas quem era Jehan?*

Agora me lembrava, era um jovem copista beneditino que viera de Bobbio para fazer uma cópia do livro de Agostinho. Era discreto, soube depois a razão. Membros de sua família eram ligados aos valdenses, e, quando soube que frei Guilherme havia sido inquisidor do Santo Ofício, ficou receoso e procurou não dar na vista de ninguém.

Apesar disso, a juventude de alguma maneira nos aproximou. Quando ocasionalmente passávamos um pelo outro, indo para a igreja ou o refeitório, acontecia sempre uma troca de olhares, uma brincadeira, um tapa nas costas, um sorriso. Uma vez, no refeitório, chegamos a dividir um empadão preparado por Salvatore e foi aí que fiquei sabendo seu nome, de onde era e o que fazia naquela abadia.

Foi então que tomei a decisão de fazer um desvio na minha viagem de volta e ir até Bobbio encontrar Jehan. Queria confirmar com ele a importância de minhas descobertas para a elucidação do mistério da abadia.

Hoje dou graças a Deus por ter feito esse desvio para Bobbio. Graças ao meu encontro com Jehan, foi possível recompor o que aconteceu na abadia. Reunindo o que encontrei nas ruinas e lendo o relato de Jehan sei agora que os crimes investigados por meu mestre aconteceram por causa de um livro. Só que o livro não era a "Poética" de Aristóteles, como se propalava na época. Temos agora uma prova concreta do que acabo de dizer. Deus seja sempre louvado.

Acácio terminou a leitura em meio ao silêncio. Daria tudo para saber o que Maigret estava pensando, mas ele estava calado, fazendo anotações. Ia me dirigir a La Maga e a Ludmila para saber o que se passava com elas quando Basílio tomou a palavra.

-43-

Peço a dom Serafim que leia agora o segundo manuscrito que encontramos. Jehan, o autor, ia levá-lo para seu superior em Bobbio, mas acabou deixando-o na abadia, de onde teve de fugir às pressas, por causa do incêndio.

Serafim começou a ler:

Sou o irmão Jehan. Muito cedo ingressei como noviço na abadia de Bobbio, fundada por São Columbano, onde aprendi o ofício de copista e depois iluminista, ofício de que muito me orgulho, se não for sinal de soberba de um humilde monge da ordem de São Bento.

Depois de algum tempo exercendo o ofício na biblioteca, mandaram-me estudar escolástica com os mestres de Paris, onde aprendi o pouco que sei lendo o Didascálicon *de Hugo de San Vítor, uma espécie de texto básico adotado na época. Graças a esse estudo, desenvolvi um interesse muito grande pela leitura tanto da Bíblia quanto de filosofia.*

Algum tempo depois de regressar a Bobbio, com os estudos concluídos, meu superior decidiu enviar-me à biblioteca de O nome da rosa *para ficar lá um semestre trabalhando como copista. O objetivo era fazer uma cópia de um livro de Santo Agostinho, o* De pulchro et apto, *que desaparecera do nosso mosteiro.*

Fiz uma viagem longa e cheia de perigos por causa dos ladrões que infestam as estradas e dos lobos que ameaçam os viajantes em trechos onde a mata em volta é mais fechada. Mas graças a Deus, a meus santos protetores e aos que me acompanharam, a viagem decorreu em paz.

Fui recebido gentilmente pelo abade, o qual, ciente de minhas pretensões pela carta que meu superior lhe encaminhara, deixou-me aos cuidados do Irmão Malaquias, bibliotecário-chefe daquele mosteiro.

Devo dizer, e peço perdão se for pecado, que, por trás da aparente cortesia com a qual fui recebido, pressenti alguma coisa indefinida nos modos do irmão Malaquias e na sua relação com o abade e os outros monges.

Em todo caso, deram-me licença para trabalhar no scriptorium *onde escrevo este relato sem ter, no entanto, acesso aos livros a não ser com autorização do bibliotecário e, em casos especiais, do próprio abade. "São as regras da Casa e nós, monges, estamos acostumados a isso", disse o irmão Malaquias com algum azedume.*

Agora que me apresentei e disse o motivo de minha viagem e permanência nesta abadia, interrompo o relato para participar do ofício no coro, as orações da noite, junto com toda comunidade. Amanhã cedo retomarei o relato.

No dia seguinte, depois das orações da manhã e da missa, tomei a primeira refeição do dia junto com os outros monges, alguns bem jovens e risonhos, outros mais sérios, de fisionomia impenetrável, e alguns muito velhos, estranhos, a ponto de inspirarem um certo medo.

Após essa primeira refeição, dirigi-me ao scriptorium *para iniciar o meu trabalho. A manhã estava bonita, apesar do frio intenso, e a luz do sol entrava pelas janelas iluminando tudo e criando um ambiente propício para a leitura e a escrita. Quando o irmão Malaquias apareceu na entrada da biblioteca, fiz o meu primeiro pedido: "Gostaria de consultar o* De pulchro et apto*. Estou autorizado a fazer uma cópia para a biblioteca do mosteiro de Bobbio."*

O irmão Malaquias me olha, hesitante, e some no corredor interno que dá para o lugar reservado onde ficam os livros. Passa-se um bom tempo. Como há muitos monges trabalhando e, portanto, muitos pedidos, prevejo a demora e aproveito o tempo de espera observando o que se passa no scriptorium.

Várias mesas espalhadas pela sala, em cada uma trabalha um monge, cada um exercendo diferentes ofícios. São quase todos muito jovens como eu e, pelos olhares que trocam entre si, percebo que se dividem em pequenos grupos e que há muita cumplicidade entre eles. Alguns sorriem para mim, mantendo-se, porém, à distância.

Enquanto fazia minhas observações, aconteceu algo que causou certa agitação no ambiente. Entrou no scriptorium *um monge bem mais velho, de aspecto venerável, que depois soube ser cego. Na ocasião, porém, sem saber de sua cegueira, impressionou-me o olhar inquisitivo que lançou em minha direção. Soube depois se tratar do afamado Jorge de Burgos, mestre da comunidade e detentor de vasta cultura teológica.*

Agora preciso interromper a narrativa porque o irmão Malaquias vem vindo do interior da biblioteca e caminha em minha direção: "Sinto muito, irmão copista, mas o códice onde está o livro que pediu não foi localizado pelo meu ajudante, o irmão Berengário. Um imprevisto que logo será resolvido."

Dei uma olhada no catálogo, por ordem alfabética, e lá estava registrado o De pulchro et apto*. Quando fiz essa observação o rosto do bibliotecário tornou-se impenetrável. "Realmente o catálogo registra esse livro, mas, por alguma* *razão, ele não está disponível no momento." Começo a desconfiar que o irmão Malaquias está blefando.*

Agradeci a atenção do bibliotecário perguntando a mim mesmo como pode um livro sumir dentro de uma biblioteca tão organizada como essa. Ou será que eles não o têm? E se o têm, por que não querem que eu o veja? Tudo isso me parece tão enigmático quanto a fisionomia do Irmão Malaquias.

"Enquanto o senhor não localiza o livro pedido eu poderia consultar as outras obras de Santo Agostinho?" O bibliotecário franziu o cenho. "Essa parte da biblioteca está em reforma e por enquanto não temos acesso a elas", disse severamente e retirou-se, dando um risinho na direção do monge cego. Pensei comigo: "Se o monge é cego, como interpretar o risinho cúmplice entre os dois?"

Enquanto medito sobre o episódio, aproveito para observar o que se passa no scriptorium. *Monges ainda jovens são especialistas em diversas artes, muitos deles conhecidos em toda cristandade.* O ambiente é agradável, até alegre, ao contrário do que se passa na biblioteca, *onde prevalece o ar soturno do irmão Malaquias e suas proibições.*

Compreendo esses cuidados, considerando o valor e a importância das obras que a biblioteca abriga, mas começo a ficar apreensivo, pois alguma coisa está acontecendo por aqui. Não sei dizer propriamente o que é e me entrego aos cuidados do nosso pai São Bento.

(Afastei-me do scriptorium *e, por cautela, fui continuar a escrever este relato em minha cela.)*

Logo que cheguei aqui o clima no scriptorium *parecia leve e ameno. Hoje, porém, há uma certa inquietação entre os monges, parece que todos desconfiam de todos. Alguns são excessivamente enigmáticos a começar pelo próprio bibliotecário. Uma coisa estranha nele é o fato de não olhar diretamente para o interlocutor. Mas não é só o bibliotecário que é assim, dissimulado. Quase todos com os quais tenho contato no* scriptorium *agem dessa maneira. Tenho a impressão de que tudo isso tem algo a ver com a biblioteca e com o manuscrito de Santo Agostinho.*

Em Paris ouvi muitas alusões aos enigmas das bibliotecas, como se elas carregassem a maldição do saber, pois o saber, desde o Gênesis, desde o mito de Prometeu, é sempre perigoso. Falava-se muito da biblioteca de Alexandria, do que representou para o mundo antigo, do seu incêndio incompreensível. *Contavam-se mil histórias, livros secretos, livros proibidos,* roubo de manuscritos, mas todas essas coisas — *pensava eu* — *ocorriam entre os infiéis. Hoje não tenho mais essa certeza.*

À tarde conheci as dependências do mosteiro, à noite participei do jantar comunitário e depois das orações noturnas *recolhi-me à minha cela para dormir.*

Serafim informou que havia um espaço em branco no texto e continuou a ler:

Era madrugada quando alguém bateu em minha cela. Abri a porta, apreensivo. Era um monge alto e magro, o hábito surrado dando a impressão de sujo. O capuz abaixado, não sei se porque nevava lá fora ou queria esconder-se, não permitia ver-lhe o rosto, só os olhos desconfiados e atentos. Acho que já o encontrei no refeitório, mas não tenho certeza.

Pronunciou algumas palavras incompreensíveis, numa língua que lembra o latim popular, e depois deixou cair um pequeno embrulho dizendo que era uma encomenda dos valdenses — dessa vez consegui compreender — para il fratello de Bobbio. *Disse, e sumiu na escuridão.*

Certifiquei-me de que o estranho tinha ido embora e de que não havia ninguém por perto de minha cela e abri o embrulho, trêmulo, descobrindo então um rolo de pergaminho. Ao abri-lo, deparei-me com um manuscrito. Quem me enviava aquele manuscrito em circunstâncias tão estranhas? O desconhecido mencionara os valdenses e aquilo me deixou intrigado. Então haveria no mosteiro uma célula valdense? Aquele monge que trouxe o manuscrito teria sido enviado por eles?

Na Itália familiares meus, por parte de mãe, eram seguidores de Pedro Valdo. Teriam eles uma espécie de serviço secreto com a função de proteger seus membros contra possíveis perseguições de membros da Igreja? Quis ler o manuscrito, cheguei a fazer uma prece antes, e tive um sobressalto: minha lanterna havia desaparecido da cela.

Alguém saberia que eu andava lendo à noite e queria impedir-me de fazê-lo? Qual a razão? Quem entrara em minha cela? Passei a noite com o livro entre as mãos, esperando que a manhã chegasse.

Quando a madrugada começou a clarear, abri o manuscrito para ver do que se tratava, e quase caí, trêmulo. Era o De pulchro et apto. *Algo me dizia ser preciso copiar o livro com a maior urgência. Na cela sentia-me mais prote-*

gido, uma vez que, pelo regulamento, ninguém podia aproximar-se do pavilhão onde ficavam os visitantes, a não ser com ordem do abade. Podia enfim abrir o manuscrito e copiar.

Mesmo assim o coração batia acelerado. Era jovem ainda, mas sabia ter nas mãos um livro procurado e disputado por toda a cristandade. E saber que aquele pergaminho passara pelas mãos de Santo Agostinho tornava-o, para mim, sagrado. Na solidão de minha cela tomei o pergaminho em minhas mãos, e chorei.

Minha primeira preocupação foi escolher o tipo de caligrafia a ser usada na cópia que pretendia fazer. Aprendi isso com Hugo de San Vitor, meu professor em Paris. Ele dizia que Expositio tria continet: litteram, sensum, sententiam, *ou seja, em língua vulgar, a exposição contém três partes: a letra, o significado e o pensamento.*

Em homenagem a Santo Agostinho decidi empregar a caligrafia romana tardia, usada na Itália no século IV. Queira Deus que seja a escolha certa. Como ensina o manual do meu mestre, o Didascálicon, *não deve* lectionem esse fastidio sed oblectamento *que em vulgar se diz: não deve a leitura ser motivo de tédio, mas de deleite, ainda mais em tempos tão melancólicos como o nosso. Que esse deleite comece, pois, pela letra.*

Perdão, Pai Bento, quase soltei uma blasfêmia porque quando me aprontava para fazer a cópia o mesmo monge que me entregara o livro na noite anterior bateu em minha porta bruscamente e disse que não havia tempo a perder, estávamos correndo perigo, arrebatou o livro de minhas mãos e se foi como havia chegado.

Fui tomado de uma angústia profunda. Tivera em mãos um livro procurado por toda a cristandade e, no mesmo momento em que o encontrava, as circunstâncias me obrigavam a abandoná-lo. O que estaria acontecendo? Minha angústia aumentou quando soube, no dia seguinte, que o tal monge havia sido preso pelo Santo Ofício. Soube disso no refeitório ouvindo pedaços das conversas entre os monges. Temi pela minha própria segurança e soube que jamais voltaria a ter nas mãos aquele manuscrito.

Serafim parou de ler. Disse que algumas palavras estavam apagadas. O que vinha a seguir começava com uma prece.

Senhor, ajuda-me. Sou obrigado a parar por aqui. Não confio no abade nem no bibliotecário e confesso que tenho medo. Vou procurar a ajuda de Adso antes que seja tarde, vou percorrer a abadia para encontrá-lo.

Antes que deixasse a cela, Salvatore apareceu, custou-me reconhecê-lo, pois, no lugar do hábito beneditino, vestia a farda dos guardas do Santo Ofício. Ante o meu espanto, disse que matara um deles, fugira da prisão vestido com a farda do morto e o Santo Ofício estava em seu encalço. Precisava levar o manuscrito para um lugar seguro e que eu permanecesse na cela, pois estava sob a proteção dos valdenses.

Pela manhã os monges correram para o ambulatório de Severino, que aparecera morto, e percebi que a situação estava ficando insustentável. Adelmo morto, Venâncio morto, Berengário morto, Severino morto, Malaquias morto, o abade desaparecido, Jorge desaparecido... "O que se passa por aqui, Senhor?" Pensei em procurar Adso para saber o que estava acontecendo quando vi novamente Salvatore disfarçado atrás de uma coluna.

Ele me ordenou que voltasse para a cela e o esperasse. Enquanto voltava vi monges correndo de um lado para o outro, a fumaça subindo por toda parte e tive certeza de que a abadia estava pegando fogo. Pensei outra vez em procurar Adso, mas não deu tempo, Salvatore chegou com dois cavalos arreados.

— Apressa-te.

Só tive tempo de pegar alguns objetos pessoais e partimos. Quando já estávamos longe olhei para trás, as labaredas se alastravam por todos os lados. Vi fumaça saindo de dentro da biblioteca. Lembrei-me então dos manuscritos que havia deixado, fiz menção de voltar. Queria a todo custo salvar o meu relato.

— Não olhe para trás — disse Salvatore –, aquilo é território do **Diabolus**. *E atiçou os cavalos em fuga.*

-44-

Basílio tomou a palavra outra vez.
Na viagem de retorno ao seu mosteiro de Melk, Adso fez um desvio para encontrar Jehan em Bobbio. Passo a ler agora o terceiro manuscrito, o diálogo que os dois tiveram nessa ocasião, e que Adso registrou.

— Caro Irmão Jehan, de volta de uma viagem ao lugar onde outrora existiu a abadia na qual vivemos a dolorosa experiência de testemunhar a morte de colegas monges por causa de um livro, decidi passar por aqui para fazer-lhe uma visita e trazer-lhe o que encontrei nas ruínas da abadia e também para reconstituir a história do que verdadeiramente aconteceu naquele lugar.

— Dou graças a Deus por esse encontro — respondeu Jehan — e por podermos rememorar juntos aqueles fatos, como diz, tão dolorosos. Mas por que decidiu visitar as ruínas da abadia? Por que a gentileza de visitar-me? Que coisas encontrou? Por que reconstituir uma história tão triste?

— Vou dizer-lhe tudo, caro Jehan. Em primeiro lugar, decidi visitar aquelas ruínas por um dever de consciência.

— De consciência? Algo que o atormenta, meu irmão? Ou o faz duvidar da salvação eterna?

— Caro Jehan, meu problema é uma dúvida que alimento desde aquele tempo.

— Perdeu a fé, meu irmão?

— O que me atormenta é de outra ordem.

— Sou todo ouvidos, irmão.

— Desde que a investigação de frei Guilherme foi interrompida pelo incêndio da biblioteca, fiquei com uma dúvida que nunca mais me saiu da cabeça. É sobre o livro que Jorge de Burgos devorou, envenenando-se, jogou ao fogo e morreu com ele.

— Não foi a **Poética** *de Aristóteles?*

— Era o que se dizia. Era o que Jorge dava a entender. Mas sempre fiquei com essa dúvida.

— Frei Guilherme também alimentava essa dúvida?

— Nunca falamos disso claramente. Mas certos indícios, certos lapsos de linguagem, as circunstâncias em que nos encontramos na biblioteca me fizeram acreditar que sim. Que fomos vítimas de uma fraude. E ele sabia, mas não queria admitir enquanto não tivesse provas.

— Depois de visitar as ruínas, sua dúvida aumentou?

— Aumentou muito.

— Por quê?

— Por causa das descobertas que fiz no meio das ruínas.

— Que descobertas?

— Enquanto caminhava pelas ruinas, ia refazendo os lugares por onde andei ajudando frei Guilherme na difícil investigação que ele fazia. Por toda a parte, um cenário desolador. Olhando para o lugar onde antes era a igreja, a biblioteca, o scriptorium, a casa do abade, as celas dos monges, o dormitório dos noviços, só pedra sobre pedra.

Caminhando por entre os detritos, pude ver que no meio das ruinas surgiam, às vezes, objetos do culto, restos de móveis, pedaços de pergaminho, mas tudo isso destruído pelo fogo, pelos insetos, pelo tempo. Olhava tudo aquilo com dor no coração.

Pensando assim caminhava por aqueles lugares outrora tão vivos e agora tão tristes quando me deparei com um armário que milagrosamente havia escapado ao fogo. Dentro, em meio a larvas e insetos, pude ver pedaços de pergaminho queimados, rasgados ou roídos pelos bichos.

— Ouvindo o que me diz, lembro também desses lugares e sinto como minha a dor que sentiu.

— Obrigado, irmão. Comecei a remexer no armário e, para minha surpresa, encontrei um texto quase intacto onde se lia um nome: *Jehan de Bobbio*. Esse deve ser o nome do copista, pensei. Era um nome desconhecido para mim. Como o manuscrito estava praticamente intacto e eu tinha pressa de sair dali antes que a noite chegasse, guardei-o em meu saco de viagem e continuei o meu caminho. Aqui está ele, é o manuscrito que você deixou na abadia, antes de fugir.

Jehan caiu de joelhos.

— Deo gratias, irmão, é o relato que fiz de minhas atividades na abadia. Ia levá-lo para meu superior em Bobbio, mas na fuga, por causa do fogo que se alastrava, não pude voltar à cela para apanhá-lo. Dou graças a Deus e a você, irmão, por tê-lo recuperado.

— Eu também dou graças a Deus por tê-lo encontrado. E, como disse antes, tinha pressa, não queria ser surpreendido pela noite naquele lugar e assim, depois de guardar o seu relato, continuei procurando o que mais pudesse salvar em meio àquela destruição.

De repente, um rumor, alguém caminhava atrás de mim, quem poderia ser? "Quem está aí?", gritei, e, no mesmo momento, comecei a rir de mim mesmo. Era um lagarto que corria atrás de mim e depois mergulhou por entre os detritos. E aí se deu o inesperado. Ao mergulhar nos detritos, meu único companheiro vivo naquele lugar deixou um pedaço de pergaminho visível ao alcance de minha mão. Abaixei-me para apanhá-lo, estremeci.

— O que era, irmão Adso?

— O pergaminho estava todo queimado, nada se podia ler nele a não ser uma frase: De pulchro et apto *e algumas palavras quase ilegíveis que ainda pude decifrar:* Ad Hierium romanae urbis oratorem. *Na hora me pareceu o título de alguma coisa, mas não conseguia me lembrar o que era. Minha memória começou a trabalhar e, aos poucos, fui me lembrando dos meus mestres em Paris, o primeiro deles Hugo de San Vitor. Muitas vezes, lembrava agora, ouvi-o lamentar a perda de um manuscrito de Santo Agostinho, dedicado a um certo Hiério; assim como ouvi-o lamentar a perda de tantos outros livros. Olhei para o pergaminho queimado e tive certeza. O manuscrito em minhas mãos era o título do manuscrito que Salvatore não me deixou copiar.*

Na solidão em que estava no meio daquelas ruínas, pareceu-me ouvir a voz de meu mestre, Guilherme de Baskerville. "Adso, se um dia encontrar esse manuscrito não perca tempo, roube-o, se for preciso, e traga-o para mim, eu te darei a absolvição". Só que agora ele morreu, não poderia levar o manuscrito para ele. Mas sempre que posso, rezo pelo irmão lagarto que me ajudou nessa descoberta.

Depois desse encontro com o lagarto me lembrei de você, pela segunda vez. Tudo começou a ficar claro. Aquele era o manuscrito de Santo Agostinho que você ia copiar, mas não pôde porque Malaquias o escondeu. Guardei-o em meu saco de viagem e o trouxe para você.

Jehan não segurou o pranto tanta era a emoção ao ter nas mãos o pergaminho.

— *Tive esse manuscrito em minhas mãos, mas não pude lê-lo, como você deve ter lido no meu relato. Peço desculpas por não segurar a emoção. Agora me diga, por que você me falou no começo de nossa conversa em problemas de consciência?*

— *Justamente, irmão, meu problema era a dúvida em relação ao livro jogado no fogo. Não confiava muito na versão dada por Jorge de Burgos. No entanto, cometi um pecado em relação ao manuscrito.*

— *Que pecado, irmão?*

— *A mentira.*

— *Mentira?*

— *Sim, Jehan. Eu traí o leitor.*

— *Como, irmão?*

— *Quando escrevi o relato que o abade Vallet publicou* e está em O nome da rosa, *eu já sabia de tudo, já sabia que o livro jogado na fogueira não era a* Poética *de Aristóteles, mas omiti isso. Como meu mestre Guilherme já havia morrido,* não quis mudar *o final de nossa investigação porque não tinha provas. É dessa mentira, desse pecado que a consciência me acusa. Pequei, Jehan, ouça-me em confissão.*

— *Deus o ouve por meio desse pobre monge pecador. Adso, tranquilize-se, isso não* chega a ser um pecado, *mesmo porque você tinha uma justificativa, não queria trair seu mestre e também não tinha provas.*

— *Mas traí o leitor.*

— *Teologicamente isso não é grave.*

— *Do ponto de vista de quem escreve um relato, é. O escritor não pode trair o leitor.*

— *Confie na bondade divina, Adso.*

— *Sim, irmão, mas há também o pecado da carne.*

— *Que pecado?*

— *Chama-se Laila, irmão. Uma noite, na cozinha da abadia...*
— *Também conheci Laila.*
— *Você, Jehan?*
— *Sim, uma noite, na cozinha da abadia...*
— *Mas eu a conheci biblicamente.*
— *Como os profetas conheciam as mulheres no Antigo Testamento?*
— *Sim.*
— *Eu também.*
— *Então pecamos os dois.*
— *Meu irmão, aquele poeta de Florença, como se chama mesmo?*
— *Dante — meu padre.*
— *Ele ensina que o pecado da escrita e o pecado da carne caminham juntos. É o* **perigo** *do conhecimento.*
— *E da beleza.*
— *Troia foi incendiada por causa da beleza de Helena.*
— *E a abadia por causa da beleza de um manuscrito.*
— *E nós continuamos procurando livros.*
— *E sempre encontrando Laila.*
— *E não esquecemos dela.*
— *Elas e os livros sempre provocam incêndios.*
— *Por isso são inesquecíveis.*
— *Ela foi meu* **único** *amor terreno.*
— *Nosso.*
— *Os leitores de Dante foram punidos.*
— *Eu lhe peço a absolvição.*
— *Eu também, meu irmão. Ajoelhemo-nos.* Ego te absolvo a pecatis tuis in nomine Patris et Filii et Spitus Sancti, Amen.
— *Agora você diz a fórmula sacramental para mim.*
— Ego te absolvo a pecatis tuis in nomine Patris et Filii et Spiritus Sancti, Amen.
— *Que penitência nos daremos?*

— *Rezar por ela.*

— *Não será pecado então?*

— *Sempre viveremos entre o pecado e a graça.*

— *Agora me conte, Jehan, o que dizia Santo Agostinho naquele livro?*

— *Passei a noite com esse livro na mão e não o pude ler porque alguém roubou a lamparina de minha cela. Mas assim que clareou o dia, corri para ler o mais que pudesse. Não tive muito tempo. Salvatore apareceu do nada, disse que precisava levar o livro, que a abadia estava pegando fogo e que eu o esperasse ali mesmo para fugirmos de volta a Bobbio. Mas anotei o que pude, guardei o que pude no coração e disso dou meu testemunho.*

— *Lembra de alguma coisa?*

— *Sim. Quando tenho um livro nas mãos, sinto sempre curiosidade de saber como ele começa e como termina. Naquele momento foi só o que pude fazer.*

— *Esse pouco já é muito, visto não sabermos nada desse manuscrito. Como era então que ele começava?*

— *Isso eu lembro bem. É como se eu estivesse ouvindo uma aula de Santo Agostinho sobre a* **Poética**.

— *Sobre o primeiro volume.*

— *Sim, o que chegou até nós.*

— *Que privilégio! Mas por que ele falava de Aristóteles, saberia dizer?*

— *Era nos preceitos aristotélicos que Agostinho fundamentava sua ideia sobre o "Conveniente".*

— *Sinto inveja de você, irmão, de ter ouvido uma aula assim.*

— *Essa inveja não é pecado.*

— *Mas então me diga: e como terminava o livro?*

— *Por Virgílio.*

— *O poeta da* **Eneida**.

— *Exatamente. Virgílio era a sua paixão, ele o leu a vida inteira.*

— *E o que ele citava de Virgílio?*

— *Essa parte do manuscrito estava roída pelos bichos, consegui ler apenas uma linha: "...in ventos vita recessit". Fui pesquisar e vi que é a última frase do Livro IV da* **Eneida**. *É quando Virgílio narra os amores e o fim trágico de Dido, a rainha de Cartago. Vi depois que ele gostou tanto dessa passagem da* **Eneida**, *que volta a citar no Livro IV de* **Confissões** *o momento em que Dido traspassa o peito com a espada ao saber que Eneas...*

— *E a frase que você conseguiu ler "...in ventos vita recessit"?*

— *Essa frase, "A vida perde-se no ar", mostra bem o Santo Agostinho leitor. Ele desliza para dentro do texto de Virgílio, identifica-se com a personagem e faz a sua catarse. Ou seja,* lê a frase pensando na própria vida.

— *Que por pouco não se perdeu no ar.*

— *Entre o* lógos *e o* páthos.

— *Então o texto agostiniano está contaminado pela literatura?*

— *Completamente. Tanto que em Confissões ele usa a mesma palavra —* pellis *— para designar a pele do corpo e a pele da escrita.*

— *Meu irmão, como Santo Agostinho gostava dos hereges, vou dizer talvez uma heresia. Não sei se os* seus *leitores ganharão o céu, mas sei que ganharão o paraíso da literatura.*

Basílio se calou. La Maga estava desolada e lançou um olhar triste em minha direção.

— Então Jehan não pôde salvar o manuscrito de Agostinho.

— Não.

— Portanto, acaba aqui a nossa história — completou La Maga.

Maigret balançou a cabeça.

— Não.

-45-

Com a barba de dois dias, Maigret parece um urso siberiano.

— A hora é de juntar o sonho patafísico de Gabriel com os fatos de que tivemos conhecimento. Já descobrimos duas coisas importantes: Jehan teve o manuscrito de Agostinho em suas mãos e a primeira página — o título — foi encontrada aqui no mosteiro de Olinda. O resto o fogo queimou.

Ludmila voltou-se para ele.

— Estou mais do que curiosa. Então que livro era aquele que Jorge de Burgos jogou ao fogo depois de tê-lo oferecido a Guilherme na biblioteca?

Maigret tirou o cachimbo da boca.

— Uma fraude.

— Explique isso, por favor — pediu La Maga.

— Posso pegar mais um copo?

— Pode pegar todos desde que nos explique tudo — disse ela.

— Frei Guilherme me disse que desconfiava dessa fraude, mas não revelou a ninguém, nem mesmo a Adso porque lhe faltavam as provas que agora temos. Mas de certo modo ele me antecipou o segundo relato de Adso. Desconfiava de Jorge.

Ludmila estava indócil. Dirigiu-se a Maigret.

— Agora é que não estou entendendo nada. Você esteve com Guilherme?

— No sonho de Gabriel, garota.

— Mas em que você se apoia para dizer que o manuscrito jogado ao fogo não era a *Poética* de Aristóteles? O teorema de Pitágoras não era de Pitágoras?

O urso começou a dar sinais de impaciência.

— Primeiro, mocinha, trazer Pitágoras para o caso é um disparate.

Basílio entrou na conversa.

— Até porque Tertuliano diz que Pitágoras mentia muito.

— Mas todo mundo acreditava que esse livro era mesmo o de Aristóteles! — insistiu Ludmila.

O urso a olhou como se ela fosse uma foca, daquelas que eles devoram no inverno.

— Em investigação não lidamos com crenças.

Decidi provocar Ludmila.

— O que ela está fazendo chama-se pogonometria.

— O que é isso? — quis saber Basílio.

— A pogonometria foi inventada por Lawrence Durrel,[38] é uma dedução baseada no pogon.

— O que é pogon?

— Uma palavra que não existe.

Ludmila me olhou furiosa, mas antes que dissesse alguma coisa, Maigret chamou o garçom.

— Além de focas, o que você tem para oferecer a um urso faminto?

— Presunto parma e queijo.

— É melhor do que o pogon — respondeu rindo.

---

[38] No romance *Tunc*.

-46-

Serafim, que estava calado há muito tempo, voltou ao assunto.
— Que livro Jorge atirou ao fogo?

Maigret levantou o polegar em sinal de aprovação.

— Essa é a pergunta.

— E a resposta? — quis saber Ludmila.

— Temos de esperar pela intuição.

Um vento forte bateu e abriu a janela.

— Parece que ela acaba de chegar — Ludmila brincou.

— Boa notícia — disse Basílio. — Bergson nos ensinou que a intuição é um bom método de investigação.

— Então o que está intuindo agora? — perguntou La Maga a Maigret.

Ele tomou a palavra.

— Sabemos que Jorge não gostava de Aristóteles.

— Nem de Agostinho — acrescentei.

— Por que não gostava de Agostinho? — inquiriu Basílio.

— Por tudo que vimos antes. Mas Jorge não se atrevia a criticá-lo publicamente, tendo em vista o prestígio que ele tinha como um dos grandes da Patrística. Então centrou fogo em Aristóteles porque era fácil criticar um filósofo pagão.

— É verdade — disse Acácio. — Jorge é irônico com São Tomás, mas em nenhum momento critica Agostinho.

— Na época Tomás era ainda um desconhecido frade dominicano. Era fácil criticá-lo.

Fui adiante.

— Mas Jorge tinha um problema: precisava ao mesmo tempo de Aristóteles e de Agostinho para dar prestígio à biblioteca.

— Como ele resolveu isso? — La Maga perguntou.

— Pela fraude — disse Maigret.

— Estou começando a entender — disse ela.

— O chope é didático — retrucou o comissário.

— No chope, a existência precede a essência — acrescentou La Maga.

— Sartre descobriu isso antes de você, no Café de Flore — concordei.

Maigret nos surpreendeu.

— Pedi a Javier, meu assistente na polícia judiciária, para rastrear os arquivos da polícia secreta romana desde os tempos do Agente X.

— Encontrou alguma coisa? — perguntou Ludmila.

— Acabo de receber o seu relatório. Pesquisou em arquivos espalhados por diversos organismos policiais de Roma e descobriu algumas coisas.

Acácio ergueu o polegar em sinal de positivo.

— Num dos arquivos encontrou uma anotação do Agente X a respeito de um manuscrito doado à biblioteca de São Jerônimo.

— Que manuscrito era?

— *De pulchro et apto*.

— Quem fez a doação?

— Hiério, o crítico literário a quem Agostinho o dedicou.

— Sempre achei que esse Hiério seria uma boa pista — disse La Maga.

— Alguma outra informação?

— Segundo o Agente X, num bilhete que enviou a São Jerônimo, Hiério refere-se ao autor do livro como "um jovem e promissor filósofo maniqueu".

Virou-se para nós enquanto acendia o cachimbo.

— Conhecem algum jovem e promissor filósofo maniqueu?

Todo mundo entendeu.

— O que fez Jerônimo com o livro? — perguntou Ludmila.

— Resolveu protegê-lo — disse Basílio.

Ludmila acusou.

— Na linguagem eclesiástica proteger deve vir sempre com aspas.

— Quanto tempo o livro ficou com Jerônimo? — perguntou Ludmila.

— Não sabemos, as datas são sempre imprecisas. Mais importante do que isso é um segundo documento encontrado por Javier.

— O que diz?

— Nesse segundo documento, uma tal Marcela autoriza o Agente X a levar o manuscrito para um mosteiro na Irlanda.

— Quem é essa Marcela?

— Ainda não sei — respondeu Maigret.

Acácio, que sabe tudo sobre a Patrística, esclareceu.

— Marcela é uma dama romana que ficou viúva e, querendo dedicar-se a Cristo, tornou-se seguidora de São Jerônimo. Era de família nobre e muito piedosa.

— Conheço essa piedade — resmungou Ludmila.

— E o livro foi mandado para esse mosteiro?

— Não. Logo depois que Marcela o autorizou a levar o livro para a Irlanda, o Agente, cujo nome verdadeiro era Evódio, deixou de trabalhar para a polícia secreta, tornou-se padre e tempos depois foi nomeado bispo na Tunísia. Segundo o documento encontrado por Javier, por volta de 416 a biblioteca de Evódio possuía todas as obras de Agostinho, entre elas o *De pulchro et apto*. Quando Evódio morreu essa biblioteca se espalhou e consta que o manuscrito de Agostinho foi parar no mosteiro de Cassiodoro, na Calábria.

— Essas informações são confiáveis?

— Não há como comprová-las, mas são verossímeis.

— E desde então o livro caiu no esquecimento?

— Durante algum tempo.

— Quando se ouviu falar dele novamente?

— De tempos em tempos surgia uma notícia que depois se revelava falsa e assim ia essa história.

— Até que...

— No início do século XIV foi encontrado na biblioteca do mosteiro de Bobbio.

— Quem o encontrou? — quis saber Ludmila.

Maigret riu da impaciência dela.

— Um monge chamado Roberto de Bobbio.

— Sabe-se como o manuscrito chegou lá?

— Por milagre — disse Maigret.

— Como? — insistiu La Maga.

— Os milagres são sempre nebulosos — respondeu Maigret. Na conversa que tive com Guilherme, ele me falou de um traficante de livros chamado Angelus.

— Já sei — disse Ludmila. — No imaginário popular esse Angelus virou anjo e...

— Fez o milagre — completou Maigret.

— Foi o mesmo "anjo" que livrou Salvatore da prisão? — perguntou La Maga.

— Provavelmente — respondeu Maigret.

La Maga me olhou com ar zombeteiro.

— É coisa de romance mesmo.

-47-

Basílio quis saber o que aconteceu a partir desse momento.

— A história fica mais interessante. Roberto, o bibliotecário de Bobbio, era discípulo de Jorge de Burgos.

— O monge cego de *O nome da rosa*?

— O próprio.

La Maga esfregou uma mão na outra. Maigret continuou sua exposição.

— De posse do manuscrito, Roberto acionou o correio monacal e comunicou a Jorge a sua descoberta.

— E Jorge? — perguntou Acácio.

— Conseguiu que Roberto fosse nomeado bibliotecário de sua abadia e lhe ordenou que trouxesse o manuscrito consigo.

— Mas não era propriedade da biblioteca de Bobbio? — inquiriu La Maga.

— Os livros às vezes desaparecem e ninguém sabe como — disse Maigret.

Maigret tinha o olhar perdido numa jangada que passava em alto-mar quando La Maga o trouxe de volta.

— Então Roberto de Bobbio trouxe o livro para Jorge de Burgos?

— Sim.

La Maga estava ansiosa.

— O que fez Jorge quando recebeu o livro das mãos de Roberto?

— Os dois se reuniram com o bibliotecário e editaram um volume com um texto em grego e outro em latim.

— Qual era o texto em grego — perguntou Basílio.

— Jorge queria que pensassem que era o segundo volume da *Poética*.

— E não era? — perguntou Acácio.

Maigret riu.

— Não, eles não tinham esse livro.

— Não estou entendendo — disse Ludmila.

— Ouça — pediu Maigret –, Jorge foi professor dos monges na abadia. Uma vez, como trabalho de aproveitamento semestral, pediu aos alunos que imaginassem como seria o começo do segundo volume da *Poética*. No final do semestre atribuiu uma nota a todos e guardou consigo os melhores trabalhos.

— Começo a perceber o plano — disse La Maga.

Maigret continuou.

— Jorge escolheu o que lhe pareceu o melhor trabalho.

— Qual deles?

Maigret respondeu com outra pergunta.

— Quem entre os estudantes sabia grego e conhecia Aristóteles?

— Venâncio — disse La Maga.

— Jorge escolheu o trabalho de Venâncio e pediu a Roberto que o colocasse em primeiro lugar no volume que estavam preparando.

— Portanto — concluiu Acácio –, o que passava por ser a *Poética* era o começo da dissertação de Venâncio.

— Elementar, meu caro Watson.

— Falta o texto em latim — disse La Maga.

O comissário serviu-se de café, acendeu o cachimbo, ficou um instante contemplando a fumaça que subia em espiral.

— Qual foi o texto que Roberto trouxe de Bobbio?

— O manuscrito de Agostinho.

— Assim eles montaram o volume: primeiro o texto falso da *Poética* e depois o manuscrito de Agostinho. Jorge queria que soubessem que esses documentos estavam na biblioteca da abadia, mas não desejava que eles fossem lidos. Por isso deixou livres as primeiras páginas de cada texto, enquanto as seguintes foram coladas de maneira a não poderem ser lidas. Só eles sabiam como retirar a cola.

— E além disso, Jorge interditou o livro.

— Sim. E ninguém sabia onde estava escondido.

— Fantástico — disse Ludmila.

— Lembro de uma passagem de *O nome da rosa* em que Severino diz a Guilherme que havia encontrado um "livro estranho" no laboratório.

— Era esse volume — confirmou Maigret.

— Foi esse o livro que Jorge jogou ao fogo?

— Sim. Quando viu que a fraude seria descoberta, atirou-se ao fogo junto com o livro.

— Portanto, o manuscrito de Agostinho, que Jehan teve em suas mãos, se perdeu definitivamente — disse La Maga.

Estava a ponto de chorar.

— Você ainda tem esperança de encontrar esse manuscrito? — Basílio perguntou a Maigret.

— Por que não? Uma das cópias feitas por Laila.

— Você acha mesmo possível? – perguntou La Maga.

— Por que não? Na Idade Média um livro poderia ter cerca de cem cópias manuscritas.[39]

---

[39] Jorge Carrión, *Livrarias uma história da leitura e de leitores*, Rio de Janeiro, Bazar do Tempo, 2018.

-48-

Enquanto os monges foram para as orações de Vésperas, Maigret, Ludmila, La Maga e eu voltamos para o Le Café. Estávamos um pouco tensos e felizmente Tião nos recebeu com um sorriso enorme.

— Na Sibéria os ursos só bebem isso — disse pondo vários chopes sobre a mesa.

Lembrei aos colegas uma passagem de *O amanuense Belmiro*, de Ciro dos Anjos: "Ali pelo oitavo chope, chegamos à conclusão de que todos os problemas eram insolúveis. Florêncio propôs, então, um nono, argumentando que outro copo talvez trouxesse a solução geral."

Maigret riu.

— Vamos seguir o método de Florêncio.

La Maga pegou um copo.

— Agora vou afogar de vez minhas mágoas.

Tião levou a conversa para outro lado.

— Acho que descobri o que estão fazendo aqui.

— O quê? — perguntei.

— Estão escrevendo a continuação de *O nome da rosa*.

— Acusação formal de plágio? — perguntou Maigret.

— Nada disso, comissário. Continuar um romance não é plagiá-lo.

La Maga virou-se para Maigret.

— Gostaria que Simenon tivesse continuado algum dos seus livros?

Maigret hesitou.

— Não sei. Mas lembro que perdi meu chapéu em minha primeira investigação.[40] Gostava muito dele. Se Simenon tivesse escrito a continuação da história, eu teria uma chance de encontrá-lo.

— Ergo — disse La Maga –, Maigret acha que os livros devem ter continuação.

— Homero também pensava assim — acrescentei. — A história de Ulisses começa na *Ilíada* e continua na *Odisseia*.

— Quem mais gostaria da continuação dos romances? — quis saber Basílio.

---

[40] No livro *A primeira investigação de Maigret*.

— Garanto que muita gente gostaria de saber a continuação da história de Ulisses e Penélope — brincou La Maga.

— Na continuação dos livros, os autores seriam beneficiados? — quis saber Acácio.

— Creio que sim. Agostinho poderia resolver o problema do tempo.

— E Shakespeare?

— Resolveria a questão do ser ou não ser.

— Balzac?

— Ganharia mais dinheiro e se livraria dos credores.

— E Dostoiévski?

— Contaria como foi a vida de Aliocha depois do Mosteiro.

— Proust?

— Descobriria mais coisas naquela taça de chá.

— Flaubert?

— Ficaria livre "daquela puta da Bovary".

— Melville?

— Se livraria da baleia.

— Beckett?

— Iria embora com raiva por saber que tinha feito papel de besta ao esperar Godot.

— E Huxley?

— Esse tomaria mais ácido lisérgico.

— E Kafka?

— O único que não escreveria mais.

— Por quê?

— Não ia querer virar barata outra vez.

-49-

Ludmila começou a andar de um lado para o outro.

— Ponham-se no lugar dos pretendentes de Penélope. Os caras levam uma surra homérica e vocês acham que gostariam que a *Odisseia* tivesse continuação? Se não tivessem morrido, iam querer que o livro acabasse ali mesmo.

— E Joseph K.? — continuou — Aguentaria tanta angústia? Tenho certeza que Kafka encurtou *O Processo* para aliviar o sofrimento do personagem. Ele mesmo confessou que é um livro inacabado.

No silêncio que se fez, Basílio ponderou.

— Não sei, mas acho que não se deve mexer na obra de ninguém. Nem na Criação de Deus nem num romance criado por um homem.

— Que relação existe entre Deus e o romance? — perguntou Maigret.

— Leibniz diz que ninguém imita Deus melhor do que um romancista.

— E Milan Kundera acrescenta que o romance nasceu do riso de Deus.

— Isso não é teoria crítica, parece teologia barata — respondeu Ludmila.

Maigret virou-se em minha direção.

— O que acha da continuação dos romances?

— Silviano Santiago continuou a obra de Graciliano e se deu muito bem.

— Silviano é um alquimista, transforma as palavras em ouro — concordou La Maga.

— E você, Maigret, o que pensa disso?

— Nada. Eu só queria encontrar o meu chapéu.

Tião entrou na sala.

— Já que não chegam a um acordo, proponho um armistício — e apontou para a nova bandeja de chope e sanduíche sobre a mesa.

— Essa é uma boa continuação — disse Maigret. E nos surpreendeu com uma notícia.

— Na semana passada pedi a Javier informações sobre Guilherme de Ockham.

— O que Ockham tem a ver com nossa investigação?

— Era muito amigo de Guilherme de Baskerville. Na noite da campana, eu disse a Guilherme que estava investigando o paradeiro do livro de Agostinho e ele teve uma reação que me intrigou. Disse apenas: Meu xará sabe alguma coisa sobre isso. Só mais tarde lembrei quem era o xará.

— Por que será que o nosso Guilherme mencionou o xará? — perguntei.

Depois de acender seu cachimbo, meio pensativo, Maigret arriscou:

— Em toda investigação há sempre algo inexplicável. Javier acaba de nos enviar uma informação surpreendente. Ockham encontrou uma cópia do manuscrito de Agostinho na biblioteca de Richard de Bury.

— O autor do *Philobiblon*? — perguntou La Maga.

— Ele mesmo.

La Maga fez cara de surpresa.

— Sabemos que o original de Agostinho se perdeu no incêndio da abadia. De onde surge esse que Ockham encontrou na biblioteca de Richard De Bury?

— Tratando-se de livros e manuscritos, o bom bispo não tinha escrúpulos. Acho que jamais confessaria como e onde adquiriu esse volume.

— Nem a Ockham ele disse?

— Se disse, Ockham passou a navalha no assunto e não falou nada.

Basílio voltou-se para Maigret.

— O que acha que aconteceu?

— O bom bispo roubou esse livro.

— Tem alguma prova? — perguntou Ludmila.

— Sim, Gabriel pode apresentá-la.

Todos se voltaram para mim.

— Numa passagem do *Philobiblon* nosso bispo narra o que lhe aconteceu quando era chanceler e tesoureiro na corte de Eduardo III. Ouçam:

"Diante de nós se abriram as portas das bibliotecas dos mais renomados mosteiros, os cofres se colocaram à nossa disposição e cestos cheios de livros se esvaziaram a nossos pés."[41]

— O que aconteceu depois disso?

— Só temos uma certeza: o livro de Agostinho foi parar na biblioteca do bispo.

Basílio perguntou.

— E onde foi parar depois da morte de De Bury?

— Ninguém sabe.

— Ainda podemos contar com Ockham para descobri-lo? — La Maga perguntou.

— Também não se sabe, mas contamos com a sorte.

— Sorte?

Maigret sorriu.

— Numa investigação, como disse antes, às vezes acontecem coisas que não têm explicação.

— Conte, estou curiosa.

— Esqueceram que esta é uma investigação bibliográfica? Gabriel e eu decidimos reler o *Dom Quixote*.

— Mas por qual razão? Inspiração do Espírito Santo? — Riu Ludmila.

— Algum feiticeiro nos lembrou que dom Quixote possuía uma biblioteca e nossa investigação, você já viu, vai de biblioteca em biblioteca até...

— Que parte do livro foram ler? — perguntou Ludmila.

— Começamos pelo capítulo VI, estávamos intrigados com a biblioteca de Dom Quixote.

— Pelo que sei ele só colecionava livros de cavalaria.

— Descobrimos que para afastá-lo da leitura dos livros de cavalaria, o vigário deu-lhe de presente um manuscrito de Agostinho. Vidrado como estava nos livros de cavalaria, dom Quixote não deu nenhuma atenção ao manuscrito. Abandonou-o em algum lugar da sua biblioteca e o livro ficou lá, meio escondido, sem ninguém saber.

— Como o livro de Agostinho chegou à biblioteca do vigário?

---

[41] Ateliê Editorial, p. 85.

— Provavelmente o livro veio da biblioteca de Richard de Bury.

— Consta que a biblioteca de dom Quixote foi dissolvida nesse capítulo VI.

— A biblioteca sofreu um expurgo, não foi dissolvida.

— E daí?

— Num expurgo alguns livros escapam. O *De pulchro* escapou, ficou sob a guarda do barbeiro. Um dia, precisando de dinheiro para as obras da paróquia, o vigário pediu ao barbeiro que fosse até Barcelona e vendesse os livros que estavam em seu poder.

-50-

Basílio estava pensativo. Voltou-se para mim.

— O que fez quando descobriu que o livro de Agostinho tinha sido vendido em Barcelona?

— Falei a Maigret e ele despachou Javier para lá. Javier entrou em contato com livreiros, alfarrabistas, comerciantes de modo geral. No escritório de um deles encontrou uma anotação comprovando que no ano de 1610 um livro de Santo Agostinho fora adquirido de um certo Nicolau.

— E aí?

— De posse dessa informação, Maigret resolveu fazer o que faz sempre, a conexão entre os fatos. E sugeriu que continuássemos lendo o livro de Cervantes em busca de novas pistas.

— Encontraram?

— Quando chegamos ao capítulo LXXI, as coisas começaram a ficar mais claras.

— De que maneira?

— Esse capítulo diz assim: "Ia o vencido dom Quixote muito pensativo". Isso chamou nossa atenção.

— O que exatamente?

— A mudança que se operou nele. Nosso fidalgo sempre teve a cavalaria em alta conta.

— Era o seu grande ideal — confirmou La Maga.

— Mais do que isso — acrescentou Ludmila —, considerava a cavalaria uma religião. Dizia, com orgulho, que muitos cavaleiros eram santos e viviam "em glória".

— Exatamente.

— E, no entanto, lá vai agora "o vencido dom Quixote"...

— O que aconteceu?

— Quem leu o livro de Cervantes há de lembrar. Ele passou por muitas desventuras, não conseguiu consertar o mundo, não libertou

Dulcineia dos feiticeiros, levou a pior em alguns combates, inclusive com o bacharel Sansão Carrasco naquela aventura do Cavaleiro dos Espelhos. Por causa disso o fidalgo foi dominado por uma tristeza profunda, passou a pensar na vanidade das coisas humanas, a ponto de considerar odiosas as histórias profanas da cavalaria andante. Desiludiu-se e decidiu voltar para casa para, enfim, morrer de melancolia.

— Isso a gente pode ler nos quatro últimos capítulos — confirmou Ludmila.

— No caminho de volta — continuou Maigret — dom Quixote e Sancho pararam numa estalagem para descansar. Depois da ceia, uma conversa com um padre mudou o rumo de sua vida.

— Conte.

— Vendo-o decepcionado com a cavalaria andante, o padre falou-lhe de como Raimundo Lúlio, em *O Livro da Ordem de Cavalaria*, lamentava a decadência dos cavaleiros que começavam a trair seu grande ideal. E aí falou-lhe do Milles Christi, o soldado de Cristo. Foi como acender uma faísca na memória, dom Quixote lembrou-se dos sermões que ouvia em sua aldeia. Então perguntou ao padre onde poderia encontrar livros de Santo Agostinho e o padre indicou-lhe a rua dos livreiros em Barcelona. Passando pela cidade, a caminho de sua aldeia, dom Quixote foi procurar os livreiros com a ideia fixa de descobrir algum manuscrito de Santo Agostinho.

— Encontrou algo?

— Encontrou um volume que o livreiro deixara separado porque estava muito frágil, precisando de reparos.

— Que livro era?

— O manuscrito que estamos procurando.

— Não acredito.

— Acredite, era uma das cópias de Laila que o barbeiro havia vendido ao livreiro de Barcelona.

— Mas então dom Quixote comprou esse manuscrito? — perguntou La Maga alvoroçada.

— Comprou na hora, ainda mais que Sancho, para agradá-lo, inventou que Agostinho elogiava a beleza de Dulcineia, e o fidalgo só não ficou louco porque já era.

-51-

Nos olhávamos sem acreditar. La Maga foi a primeira a reagir.

— Santo Quixote! Ele não salvou apenas donzelas em perigo, salvou o nosso manuscrito.

— O manuscrito que pensávamos ter sido confiscado por autoridades eclesiásticas, escondido em alguma biblioteca medieval, roubado por traficantes ou destruído pela amante enlouquecida estava na biblioteca de dom Quixote! É quase inacreditável!

— Na minha opinião — retornou Basílio — salvar esse manuscrito foi a maior façanha do Cavaleiro da Triste Figura.

Só Ludmila estava em dúvida.

— Gostaria de esclarecer umas coisas.

— O quê? — perguntou Maigret.

— Li o *Dom Quixote* duas ou três vezes e não encontrei o que vocês estão dizendo. Tomemos o Capítulo VI. Lá se fala do expurgo dos livros, uns escaparam realmente, mas não há notícia de que algum tenha sido vendido a um livreiro de Barcelona. Já o Capítulo LXXI narra o regresso de dom Quixote à sua aldeia, mas não registra a conversa com o padre no albergue onde os dois estavam hospedados. Na volta para sua aldeia dom Quixote passou realmente por Barcelona, mas não se diz que comprou algum livro.

Maigret riu.

— Você não concordou com a ideia de continuação dos livros? Pois bem, tudo que não está no Dom Quixote de Cervantes nós encontramos na continuação do *Dom Quixote* escrita por Pierre Ménard.

— Então Maigret encontrou seu chapéu — disse La Maga.

— E nós encontramos o ponto secreto do romance de Gabriel Blue — disse Maigret.

O comissário acompanhava com os olhos a fumaça do seu cachimbo. La Maga parecia não acreditar no que estava ouvindo. Ficou me olhando por uns dois minutos, parecia estar longe. Depois sorriu, como se começasse a compreender o que Maigret estava insinuando.

— Então é mesmo verdade?

Maigret tomou a palavra.

— Lembra a pergunta que Adso fez a Guilherme: "Como assim? Para saber o que diz um livro deveis ler outro?"

Os olhos dela brilharam.

— Qual foi a resposta de Guilherme?

O comissário abriu *O nome da rosa* e leu.

"Não poderia, lendo Alberto, saber o que poderia ter dito Tomás? Ou lendo Tomás saber o que tinha dito Averroes?"

Ela levantou-se alvoroçada.

— É a profecia dos cimérios — disse Ludmila. — Os livros não somem, reaparecem em outros livros.

— É a profecia de Agostinho — disse La Maga –, a fé procura, a inteligência encontra.

Basílio citou o original.

— *Fides quaerit, intellectus invenit.*

Voltei-me para Maigret.

— Obrigado, comissário. Sabemos agora onde foi parar o manuscrito perdido.

— Na biblioteca de dom Quixote — ele confirmou.

Depois tirou o cachimbo da boca, foi teatral:

— *Quod erat demonstrandum.*[42]

La Maga, agitadíssima, insiste na pergunta.

— Isso é verdade mesmo?

— É a verdade inventada que Clarice Lispector procurava — respondi.

Ela parecia em êxtase.

— Nenhuma tese encontraria a verdade inventada. Só o romance.

Depois me olhou, ensaiou os passos de um tango e saiu correndo em direção à livraria.

---

[42] Expressão latina que significa "Como se queria demonstrar". Tem origem no campo da matemática e é usada nas ciências exatas. Seu emprego aqui tem um sentido bem irônico.

— Espera, também queremos adquirir esse livro — gritaram os outros correndo atrás dela.

— Por que você não vem?